樋口廣太郎
中坊公平

僕らは出来が悪かった！

ガキ大将と落ちこぼれの生き方

財界研究所

まえがき

ある日、大阪から東京に戻る新幹線に中坊さんが乗り込んでこられました。久しぶりの再会に早速四方山の話になったのです。二人とも口から先に生まれてきたことは間違いないようなおしゃべり同士ですから、とうとう東京駅に着いたことも気づかないぐらいしゃべりまくりました。ただのおしゃべりなら良いのですが、二人とも生来の大声です。途中で、隣の席の乗客から、もっと静かにしろと言わんばかりの怖い視線をいただく始末でした。

後日、同じ列車に乗り合わせていたという共通の知人から、「先日、大阪からの新幹線に乗っていたでしょう。樋口さんと中坊さんがいるな、と声ですぐわかりましたよ。しかし、お二人とも、よくあれだけ長い間話し続けていられるものですね。ついでながら、中坊さんのあの声は、ほんとに心底から面白がられている笑いですな」というお電話まで頂戴しました。

早速、中坊さんにその話をしたところ、「樋口さん、そんなに長いこと私ら何の話をしていましたかいな」と言うんですね。そう言われれば、私もよう覚えていない。

そんなことがありまして、『財界』さんから「一度、二人の話をきちんと記録に遺してはどうですか」というお話をいただいたのが、この本を出版することになったきっかけでした。

子供の頃から決して出来のいい方ではない二人ですが、やさしく見守ってくれた両親、家族をはじめ先生、先輩、友人などほんとに多くの方々の温かい励ましやご指導のおかげで、ここまでやれてきたのだな、とつくづく実感しているこの頃です。

人生のさまざまな結節点で出会った人々とのふれあいとその時々の決断、判断などを中心にまとめさせていただきましたが、読者のみなさんに、おもしろかったと言っていただければ、これに勝る喜びはありません。

これからも、明るく元気でニコニコと、そして大きな声で、他人に対する熱意と感謝の気持ちを常に忘れることなくやっていくつもりです。

中坊さんにしゃべり負けないように。

二〇〇〇年五月

樋口廣太郎

僕らは出来が悪かった！

目次

第II章：旅立ちの原点から社会での飛躍へ

第III章…こうして生きた！乗り越えた！

第Ⅳ章…逆境だから、「よし、やろう！」

第Ⅴ章 小渕前首相の思い出

第Ⅵ章 警察不祥事続発は権力の奢り！

装丁――中山銀士

プロローグ

樋口と中坊の仲

●中坊さんはぼくの縁戚！〔樋口〕

ぼくも中坊さんも、京都生まれの京都育ち。しかし、名前は知っていたけど面識はなかった。それでどこで会ったかというと、平成八年（一九九六）の天皇・皇后両陛下お招きの園遊会、赤坂御苑で知り合ったんです。

そのとき、中坊さんが向こうのほうから、奥さんと歩いてこられたので、「おおっ！　あんた中坊さんでしょう？」

と聞いたら、キョトンとしてる。

「樋口です。住友銀行からアサヒビールに入って、会長をやっている樋口ですよ」

言ったんだけど、何でぼくが話しかけたかわからないらしく、キョトンとしている。そこで、これを言えば、気がつくだろうと思って、

「あなたには、樋口っていう親戚があるでしょう」

と言ったんです。実はぼくと中坊さんは遠い縁戚なんですよ。まあ、このことはこれまで人にはなるべく言わないようにしてたのですが、親戚というのかどうかはわからないけど、縁戚であることは間違いない。ところが、

「そりゃ、樋口という親戚はあることはあるが――」

と中坊さんは言うだけ。目の前の樋口という人物が、その親戚の関係者、縁戚であることに、一向に気がつかない様子。

「あなたのお父さんは忠治さんで、お母さんは富さん。お母さんは京都の聖護院というお寺の関係の娘さんでしょう」

ぼくが覚えていることを言って、追い打ちをかけたのですが、それでも、中坊さんはぼくが縁戚の〝当の樋口〟ということに気がつかなかったようでした。

●樋口さんの父親が家によく来た〔中坊〕

そのときはぼくはずっとキョトンとしていました。樋口さんが財界のリーダーとかということは存じあげなかったんだけども、そりゃあ〝アサヒビールの樋口さん〟ということは、新聞やテレビなどで顔を知っていた。しかし、その人が、ぼくに〝おおっ〟と言って寄ってくる理由がわからない。ぼくの家と縁戚、遠い親戚になることは全然知りませんでしたからね。

しかし、家に帰ってから、ふと考えてみて、やっと思いつきました。そういえば、樋口という布団屋のおじさん——つまり、その人が樋口さんのお父さんだったのだけど、ぼくの家によく来ました。ぼくの家の布団はそこへお願いしていましたし、仕事やら遊びやらでおじさんは来てましたね。とても話好きだったということが印象に残っています。

樋口さんのお母さんが、ぼくのお袋と血がつながっていたんですね。えっ、そうじゃない？　母親同士が従姉妹ではないかということ。そうか、樋口さんのおバアさんとぼくのおジイさんが兄妹で、お袋同士が従姉妹ということなのか。まあ、どちらにしろ、ぼくと樋口さんは縁戚、遠い親戚であるわけだし、昔はその親戚関係もあってか、布団の商売をやっていた樋口さんのお父さんがぼくの家によく来ていたんだなあ。

そういえば、ぼくも樋口さんの実家、京都の出町にあった布団屋さんによく行っています。覚えているだけで数回は行っている。家だって近かった。そんなに距離は離れておらず、三百メートルぐらいなものでした。

ただ、樋口さんとは会っていない。年齢はぼくが四つくらい下だと思うけど、子供の頃に樋口さんに会って話をしたことはないですね。

●子供時代のこと、学んだこと〔樋口〕

それでぼくのバアさんが、中坊さんの祖父――おジイさんと父親を共にする妹というわけなんですが、その頃はなんかいろいろな事情があって養子に行くことが多く、そういったことから親戚関係、縁戚関係というのがわかりにくくなっていたんでしょうね。

ぼくは大正十五年（一九二六）一月二十五日に、京都の出町というところで生まれました。出町の位置は京都の北、鴨川と御所のちょうど真ん中。父親はそこで布団の小売商を営んでいました。

ぼくの家は、もともと琳《りん》派の流れを汲む二十代続いた「塗師半《ぬしはん》」という漆器商で、布団店になったのは祖父の代から。そこに京友禅の絵を描く仕事をしていた父・徳次郎が養子に入ってきてその布団店を継いだわけです。

父は、子供がいうのはおかしいのですが品質と価格で商売をするまじめな商人で、布団を売るときにはお客さまに、「中国の天津でつくった綿はどう、アメリカの綿はこうです」などと詳し過ぎるくらい説明し、納得していただいたうえで商品を買ってもらっていた記憶があります。

また、父は小学校の卒業を三カ月前にして丁稚奉公に出たのですが、独学で英語を学び、簡単な英語はわかるようになるほどのがんばり屋。それに、クラシックを好んで聞いたり、字や絵もうまかった。絵は六十歳を過ぎてから展覧会に出展して入選することがたびたびあるほど。子供の目から見ても、なかなか魅力のある人でした。

母のきみは、従姉妹である中坊さんのお母さんとは違って涙もろくて弱い、ごく平凡な母親。でも、やんちゃな私に手を焼いてだまって涙ぐんでいる様な性格で、ぼくをとてもかわいがってくれたいい母親でした。

小さな商家に生まれたぼくは、八カ月で生まれた未熟児だったせいか、過保護気味に育てられたようです。甘やかされて、小さい頃は手に負えないほどのガキ大将。学校に入ってからも、お世辞にも出来のいい生徒とは言えませんでしたね。

それに、家には祖父母がいて、両親がいて、しかも兄弟が六人いた。小さな家だったので勉強をする場所がない。小学校の成績が下から数えたほうが早かったのもうなずけるかもしれません。ただ、六年生になってからは、店が終わってから陳列台の上で真剣に勉強をするようになったので、少しは成績が上がりました。

また、ぼくが子供の頃に過ごした出町という町からも、いろいろ学びましたね。布団店が数軒あり、その商売の環境が独特だった。せちがらくない。同業者は競争相手で本来なら、足の引っ張りあいをやるところなんだけど、そうじゃなかった。

〝商売敵でも、平素は仲良くしなければならない〟〝お互いの情報交換は必要だけど、決して他の店の悪口は言ってはならない〟〝品質で勝負することはいいことだけど、値段を

両親（父・徳次郎、母・きみ）と一緒に。中央が樋口廣太郎さん。

崩すとか、口先だけでうまいことを言って競争してはならない〟といった商人道を教えてくれました。子供の頃はそんなことはほとんど意識はしませんでしたが、振り返ってみると、多くのことを学んでいます。そして、それはぼくの生きかた、仕事の基本姿勢、何かを判断するときの基準になっていますね。

その後、ぼくは家業の布団店を継ぐことになっていたので、小学校を卒業すると、商売のことを勉強するために京都市立第二商業に入りました。ところが、昭和十六年（一九四一）十二月に太平洋戦争が勃発。人手不足のため父が旋盤工として徴用されて、布団店は閉めなくてはならなくなった。布団店を継ぐ必要がなくなったぼくは、そのときは商業の四年生。そこで進学を決意して、それまでは成績は真ん中くらいでしたが、そう決心してからは勉強に励むようになりました。まあ、ここまでが京都でのぼくの子供時代、少年時代ですね。

●親から期待された！　超劣等生〈中坊〉

ぼくは昭和四年八月二日、京都で生まれました。「公平」という名前は父がつけました。兄が亮太郎、二人の姉が滋《しげ》と治《はる》で、妹が澄《すみ》だから、それらの名前と比べると、ぼくの名前だけが変わっている。

それもそのはずです。ぼくが生まれる前の年の昭和三年に、二十九歳の父は弁護士の道を歩み始めたばかり。そんなことから、弁護士になった直後に生まれたぼくに「公平」と命名したんです。まさに、弁護士の名前にぴったりです。

父は師範学校を出て京都で小学校の先生をしていたのですが、校長の排斥運動をやり、それが原因で学校をやめてしまいました。そのときに一緒に排斥運動をやったのが、同じ学校の先生だったぼくの母親。父より一つ年下で、女子師範学校を出て先生になり、父と出会った宇治の小学校で、父が起こした校長排斥運動に加わった縁から、やっぱり、追い出されるような形で先生を辞めて、そして父と恋愛して結婚しました。

二人の結婚には両方の家が大反対でした。このため、結婚してすぐに長男が生まれたものの、嫡出子として届け出ができないほどでした。夫婦ともども無職。弁護士をめざして立命館大学の夜間部に通って二年、父は高等試験司法科（現在の司法試験）に合格し、生まれたぼくに、うれしさのあまり、「公平」と名付けたんですよ。

父は、ぼくを最初から弁護士にしようと考えていたようですね。兄や姉、妹とは扱いが違っていた。他の兄弟姉妹には〝亮ちゃん〟とか〝滋ちゃん〟とか呼んでいたのに、ぼくだけは〝公平さん〟。それにぼくには専属のお手伝いがいたんです。

ぼくのことを、父は、何を根拠にしているのか、海のものとも山のものともわからないぼくを、

「わが家には、将来、立派な弁護士になる息子がいますよ」

と、あちらこちらで自慢そうに触れ回っていたようです。

ところが、〝自慢の息子〟〝期待の息子〟の出来が悪かった。

ぼくには人より優れているところが一つもなかった。病弱で、近所に友だちが一人もいない。小学校の六年間は、級長にも運動会の選手にも選ばれたことがない。まったくそれどころじゃない。成績は「綴り方」を除いて、甲、乙、丙の三段階の「丙」ばかり。しかし、父も母も、落ちこぼれのぼくをいつもかばってくれましたね。

「公平さんの頭が悪いわけじゃない。成績が悪いのは先生の採点の仕方が悪いんだ」

「近所の子供たちから仲間はずれになっているのは、今のこんな戦争一色の社会に、真っ当な公平さんが合わないだけ。気にしなくてもいい」

などと、いつも言ってくれました。

ぼくが寝小便をしたり、ケンカをしてよその子供に嚙みついてケガをさせたりしても、父も母も怒らなかったし、何も言わなかった。寝小便は治そうとしても、そう簡単に治るものじゃない。ケンカも、ぼくのほうから仕掛けたのではなく、相手から仕掛けられて、や

むをえずやったのだ、とぼくを信じてくれたようでした。

だからといって、両親とも気性がやさしかったわけではないんです。校長排斥運動で結ばれた二人は、むしろ激しい気性。反骨精神が旺盛で、体制派ではなかったですね。

小学校の成績は非常に悪かったけど、それでも、ぼくは親から期待されている将来の弁護士。悪いなりに戦時中の昭和十七年、中学校の試験を受けました。当時、受験のできる区域制度が変わったり、新しい中学校が生まれたこともあって、四人に一人しか不合格にならないという合格率の高い年になったのだけれども、ぼくはその四人のうちの一人に入ってしまった。中学校の試験に落っこちてしまったんです。結局、二次試験で同志社中学に入りましたが、この中学受験の失敗はぼくの大きな挫折でしたね。

ぼくの京都での子供時代、少年の頃は、こんなふうにして過ぎていきました。

●祖母が教えてくれた人生の知恵〔樋口〕

それで、ぼくと中坊さんとの縁戚関係の話ですけど、そのことを教えてくれたのは祖母です。祖母の〝あつ〟は蒔絵師で、他に字もうまく浄瑠璃などもたしなむ、当時としては相当な文化人でした。ぼくはこの祖母からいろいろと影響を受けています。たとえば、祖

母は物心がついたぼくに、

「水は方円《ほうえん》の器《うつわ》に従い、人は善悪の友による」

と、毎日言わせました。四、五歳ごろのぼくには、その言葉の意味などわかるわけがなかったけど、だんだんに意味がつかめてきて、小学校五、六年生になると、「水は入れ物しだいで、四角にも丸にもどうにでも形を変える。そしてその意味が転じて、人間は環境や友人の善し悪しによって、善にも悪にもなる」という意味であることがわかりました。


つまり、祖母が言いたいのは、〝いい友だちを選べ、友だちを大事にしろ〟ということ。意味がわかってからのぼくが、良い友人関係をすごく大事にして生きてきたのも、この祖母の教えの影響。お陰で、素晴らしい友人に恵まれてきました。

また、祖母は毎日、ぼくに、

「天神さん、弘法さん、はよう墨濃くなってくださいませ。お猿が引いた。どこまで引いた。天まで引いた。手習いは坂に車を押すごとし。油断をすればあとへ戻るぞ」

と、節をつけて歌わせながら墨をすらせました。この歌を五回くらい繰り返すと、墨はいい色になる。祖母はこのことで、人間は毎日積み重ねて努力を続けていかなければ、自分の身にはつかない、油断をして、〝まあ、今日くらいはいいか〟と休んだりすると、せっかく、それまで積み上げてきたものが、一挙に全部が無駄になってしまうことがある、ということを教えてくれたのですね。

祖母の教えや何気ない言葉や仕種などから、本当に多くのことを学びました。ぼくの人格形成に大きな影響を与えていますよ。

その祖母が、ぼくにいつも言うわけです。自分には、あちらこちらに兄がいると――。実際は腹違いの兄なんですけど。そのなかで、名前をあげていた一人に、京都の聖護院の門跡で〝岩本光徹《こうてつ》〟という人がいました。

聖護院は山伏が集まる本山修験宗の総本山で、以前は代々皇族が出家して跡を継いでいた門跡寺院。それが明治になって民間出で初めて門跡になったのが、岩本さんという人でした。この人は、今も聖護院のお箸とか数珠などいろいろなものにその名前や似顔がついているくらいだし、ご自身に関する本も出ている。そんな偉い人が、祖母の兄貴だというのですよ。その光徹さんの娘さんが、中坊さんのお母さんなのではないかということなんですよ。

●聖護院を巡って様々な因縁を感じる〔中坊〕

確かに、ぼくの母親は聖護院というお寺の関係の娘です。ただ、岩本光徹という偉いお坊さんは、母の伯父さんでは？

母は伯父が住職をしていた聖護院や最勝院に住んでいたことがあり、母の名前は「富」というのですが、修行僧などから「おとみさん」と呼ばれてかわいがられたそうです。この聖護院とは、母ばかりでなく、ぼくも因縁が深いんですよ。

ぼくは平成二年四月に日弁連（日本弁護士連合会）の会長になりましたが、そのひと月前の三月に、「公道」という名前をいただいて僧籍に入りました。ただし、格別な信仰心があったわけじゃない。これは、

「日弁連の会長になったら、最高裁や法務省のお気に召そうが召すまいが、言うべきことは言う」

と、考えていたからです。というのは、弁護士が関わった裁判で、何かの拍子で裁判官を怒らせてしまうと、その裁判には負けてしまうことが多いんですよ。だから、ぼくもそれまでは裁判官にはあんまり逆らうようなことはしないで、「はい、はい」と頭を下げてきた。しかし、個々の事件なら、頭を下げてもいいけれど、日弁連の会長になって弁護士会全体を率いて立つことになれば、そうそう頭を下げてはいられない。喧嘩をしてもやむを得ないこともある。言うべきことは言わなければいけないんですよ。つまり、「私」というものがあってはいけないということ。これは〝坊さん〟の心に通じますよね。

聖護院門跡　岩本光徹大僧正

また、日弁連会長時代の裁判所に対する言動が尾を引いて、その後、一介の弁護士に戻ったとき、裁判所から個々の事件で報復を受けるようなことがあれば、弁護の依頼者に迷惑をかけることになる。そんな時はきっぱりと弁護士を辞めよう、と決意したのですよ。そうした、いざというときの落ち着き先が〝坊さん〟というわけです。

それに、世の中っていうのは、坊さんになることで、これまでのいきさつやあれこれの問題などを忘れてくれるというか、〝坊さんになったのだから仕方がない〟っていうように、坊さんそのものを認めてくれるでしょう。だから、僧籍に入りました。

坊さんとしての落ち着き先も、ちゃんと目をつけていたお寺があったんですよ。京都の大悲山にある、平清盛が建立した重要文化財に指定されている峰定寺《ぶじょうじ》というお寺です。峰定寺は、母と縁が深かった聖護院の末寺で、鞍馬の山奥にあって、京都市内なのに冬は一メートル、二メートルといった雪が積もる。清水寺と同じように崖に立っており、上げ舞台になっていて周囲の見晴らしもいいんです。このお寺はだんだんと住職さんがいなくなっており、ぼくが何かの事情で弁護士をやめることになったら、できればここで過ごしたいと思ったりしたのですよ。

でも、やっぱり、峰定寺に惹かれたのは、お袋がこの寺が好きで、子供の頃によく連れていってもらったからかなあ。景色がどうのこうの、住職がどうのこうのというより、母親との思い出があるからでしょうね。

お袋は聖護院と関係が深く、ぼくは弁護士を辞めることになったら、聖護院の末寺の峰定寺で過ごしたいなんて思っている。そして樋口さんの祖母のお兄さんが聖護院の門跡だった。そのお兄さんが、多分、ぼくのお袋の伯父にあたる人。何か、いろいろ因縁というか、つながりを感じますね。

●先祖も同じ？　中坊家と樋口家〔樋口〕

もう一つね、中坊家と樋口家との関係を示すものがあるんです。

ぼくにいろいろと影響を与えた祖母は、どこから持ってきたのか、系図を見せては、「樋口家は、今は商人になっているけれど、誇りを持って、しっかりした気持ちで生きていかなければならない」

と、よく言っていました。それは、偉い先祖の子孫なのだから、ということのようで、「畠山秩父の庄司次郎重忠の流れを汲んだ立派な家柄なのだから、誇りを持って生きなさい。人間として生きる以上は、絶対に卑しいことをしてはいけない、人からさげすまれるようなことをしてはいけない」

などと、繰り返して言われました。

畠山秩父の庄司次郎重忠というのは、畠山重忠という名で知られていますよね。鎌倉時代初期の武将で、源頼朝に仕えて源義仲を追討したり、奥州征伐など戦功が多かった人です。最後は北条義時と戦って悲壮な死を遂げるのですが、後々の世まで名が残っている名将です。

祖母も、畠山重忠のことを、

「誠忠無比な人――、たぐいまれな忠義一筋の人で、ウソのつけない人だった」

と、折りにふれてほめまくっていました。そして、何かぼくが悪いことをすると、

「ご先祖さまに申し訳ない。おまえの血の中のどこかにも、立派な血が流れているのに――」

と嘆いていましたね。

それで、その系図の中に、〝山田九郎衛門〟という当時関西でも有名な豪商がいて、そこの家の系統に我々はつながっている。つまり、先祖をたどれば同じということ。祖母が言ったことや系図のことなどを考えあわせてみると、ぼくと中坊さんには少しかもしれないが豪商の同じ血が流れているということですよ。

●「樋口さんは正直でおしゃべり」〔中坊〕

こうしてぼくと樋口さんの関係がわかって、あらためて樋口さんのことを見てみると、いろいろ思い出します。

子供の頃や少年の頃より、ずっと後のことなんですが、樋口さんのお父さんが布団店の仕事やら遊びやらで我が家にやってきて、いつも食事をしていく。そのときにお父さんがよく話していましたよ、〝賢い息子ができて――〟と。

それで、樋口さんが京都大学に行っている時分から、

「わしに似合わん子供が――、賢い息子ができて、今、京大に行っているんや」

とうれしそうに言ってました。大学を出て住友銀行に入ったという話も、お父さんから聞いています。

しかし、当の本人の樋口さんとは会った記憶はない。住友銀行に勤め始めたということまでは知っていたけれども、それからは知らない。住友銀行からアサヒビールに移ったことも知らなかった。

今、こうして樋口さんと親しくお話をしてみて感じるのは、〝ああー、この人は正直な人

だ〟ということ。それにずいぶんとおしゃべりな人ですね。

●「中坊さんはおしゃべりで正直」〔樋口〕

いやー、あんたにはかなわない。ぼくはしゃべり負けするよ。まあ、ぼくら二人に共通しているのは、おしゃべりで正直だ、というところでしょうかね。それに腹芸ができないこともそう。そんなことをしたら、ぼくらの特色がなくなってしまう。

ぼくが中坊さんという人に最初に注目したのは、森永砒素ミルク中毒事件での中坊さんの弁護人としての活動です。ぼくの義理の兄が小児科医で、医者の立場から被害者を支援したのですが、そのときに、兄が、

「中坊という、ものすごく偉い弁護士がいる」

と話したんです。中坊なんて、あんまり他にない名前。それで頭を巡らせてみて、祖母がよく話していた、あの〝中坊〟とつながったわけですよ。

中坊さんについてはね、こういう人が、今の時代の中に生まれてきたということは、日本のためにものすごいプラスになっていると思う。初志貫徹というか、要するに右顧左眄しない。まあ、何よりも自分に正直に生きていますね。

第I章

出来は悪いが、我が道を行く！

●〝落ちこぼれ〟で心配ばかりかけていた！〔中坊〕

先程も、少し話しましたけど、子供の頃は本当に親に心配をかけましたね。ぼくは生まれたときから大変な虚弱児だった。そのうえ、生まれてきたときにへその緒を右手に巻き付けて出てきたことが原因らしく、左利き。何もかも左手を使い、ご飯を食べるのも左で、左手に箸を持って食べていました。親もそれを気にして右利きに矯正しようとしたのですが、医者から、

「無理に右利きに矯正したら、公平さんは死んでしまいますよ」

と言われて、あきらめたほどでした。

文字にしても左手で書いていたのですが、これはやっぱり不便なので、小学校の四年生の頃から、右手で書く訓練をしてどうにか直しました。もっとも、いまだに字はうまくは書けないですけどね。

今でもそうなんですが、目も生まれたときから〇・一以下。盲唖学校に入ってもいいくらい悪かった。ホント、ぼくは悪いところばかりです。小学校に入っても、学校は休んでばかり。一年生の一学期は、通信簿には全然成績がついてないんですよ。病気で休んで成

績もつけられないほどでしたから。

そんなに休まずに学校へ行くようになっても、成績はやっぱり悪く、落ちこぼれの生徒でした。

先生には心配をかけましたね。たとえば、学校で誰かが行方不明になったといったとき、先生は、

「中坊はおるか、中坊はおるか」

と、まず、ぼくを探すんです。何か事故が発生すると、

「中坊はおるか、中坊は大丈夫か」

何か、悪いことが起きると、〝中坊は？中坊は？〟と、言われました。それほど心配な生徒だったんですね。

寝小便だってそうですよ。大きくなるまで止まらず、長い間していました。何しろ、十六歳になるまでしていたんですから。でもうれしかったのは、寝小便をしても、ただの一回も親から怒られたことがなかったことです。寝小便をして、

「かあちゃん、ちょっと冷とうなったよ」

と、夜中にお袋を起こすと、小言も何も言わずに、夜遅く黙々とシーツを洗ってくれるんですね。

まあ、落ちこぼれのぼくは、周囲に迷惑ばっかりかけていました。

●大きな励みになった先生の一言〔樋口〕

ぼくも、お世辞にも出来のいい子供とは言えませんでしたね。勉強はしなかったし、やたら、負けん気が強く、喧嘩ばかりしてました。

小学生の頃、母親と一緒に琵琶湖へ行ったときに、遊覧船でヤクザ者に、

「おい、どけ！　席を代われ！」

と言われて、

「なぜ、ぼくたちが席をどかなければならないんだ。代わらないよ！」

と歯向かったこともあります。おっかないヤクザだろうが何だろうが、負けてはいない。それくらい気がつよいガキ大将でした。母はそんなぼくに、いつも、

「人さまに迷惑をかけてはいけない、ケンカをしないでおくれ」

と、そればかり言っていましたね。

また父親の願いは、「せめて小学校の参観日に、息子の廣太郎が立たされていないこと」。いつの参観日でも、ぼくは教室にはいないでケンカをして校庭に立たされていることが多

かったですね。

そんな出来の悪いぼくだったし、それに小学校にはノーベル賞の湯川博士の三兄弟や京大、同志社などの大学の教授の子弟が、越境入学をしてきた人を含めて半分くらいいるんですよ。そういう子どもを先生がものすごく大事にするわけ。町の布団屋の息子で、ガキ大将のぼくなんか、どうせ高等小学校か商業学校へ行くだけだろうとほったらかしです。担任の先生は次々と代わったけれど、誰もぼくを顧みてくれなかった時に、たった一人、やさしくしてくれた先生がいた。

その先生に出会わなかったら、今の自分があったかどうかわかりませんね。師範学校を出たばかりの女の先生で東浦奈津江という方ですが、やんちゃで落ちこぼれ気味のぼくを何かにつけていつも温かい目で見守ってくれ、励ましてくれました。今でも、東浦先生のこんな言葉を覚えていますよ。

「樋口クン、あなたには、あなたにしかない何かがある。そんな素晴らしい何かを持っているのだから、自信を持って進んでいってほしい。ウソだけは言わないで、自分の気持ちを全部出すようにして、伸び伸びとやっていきなさい」

この言葉はぼくを勇気づけてくれましたね。いろいろな経験をしながら生きてきて、苦しいときや逆境でくじけそうになったとき、

「そうだ、オレはオレにしかない何かを持っているのだ！」

そんな信念がぼくを、

「やるしかない！　がんばろう！」

と、前向きな気持ちにさせてくれました。

本当にそうなんですよ。ぼくばかりじゃない。誰だって、自分にしかない何かを持っているんです。せっかく、この世の中に生まれてきたのだから、その何かを活かさなければ――。

ぼくを励ましてくれた東浦先生のその言葉は、困難を乗り切る糧。先生にはとても感謝していますし、今も年に一回くらい会いに行くんですよ。

もう一人、京都市立第二商業学校でも、良き師とめぐり会っています。英語担当の福島先生ですが、アメリカと戦争をしていたので、英語教師は肩身の狭い思いをしていたと思いますが、福島先生は、

「英語はいずれきっと国際語になる。キミたちもいつか使う時がくるはずだ」

と言われ、ぼくには、

「樋口君は英語が好きなようだから、一所懸命に勉強しなさい。役立つ時がきます」

とアドバイスしてくれました。

京都市京極尋常小学校のときの恩師・東浦奈津江先生（中列左から２番目）

昭和13年３月卒業時の樋口廣太郎さん（最後列左から６番目）

その後、福島先生は勤労動員先の舞鶴軍港で事故に遭って亡くなりましたが、先生の言葉で、ぼくは英語の勉強に相当力を入れたつもりです。実際にどれだけ上達したかどうかはともかく、福島先生には英語そのものよりも、前向きな精神、向上心というものを教えていただいたと思っていますね。

●〝良い子〟には〝良い子〟がよくわかる〔中坊〕

ぼくにもいい先生がいましたよ。小学校の先生で西田重雄という名前で一年生から六年生までずっと持ち上がって担任をしてくれました。

この先生と関係がある話で、それについては後でふれますが、ぼくが株式会社住宅金融債権管理機構（現・株式会社整理回収機構）の社長をしていた時、ある日の昼休み、役員をやってる五十歳余りの弁護士さんがぼくの机のそばへ来て、顔をじっと見てこう言うのですよ。

「社長は、小学校の頃から学校の成績は悪かったでしょう」

それは合ってる。

「そうや、そのとおり。自慢じゃないが、成績は悪かったよ」

と、答えると、

「私にはね、そのことがよくわかるんですよ。社長みたいにね、無茶苦茶な命令や指示を出す人が、小学校の頃から出来が良かったわけがない」

きっぱりと言いきるんですよね。

彼のそうした〝出来がいいか悪いか〟の見方というのは、自分の体験からきているわけです。自分はずっと良い子で育ってきた。学校の成績も良かったし、司法試験も合格して、ちゃんと立派にここまできたのだから、出来の良い子の育ち方はわかると言うのです。じゃあ、どうしたら出来の良い子が生まれ育っていくかというと、その子自身が良いことをすることだと――。

良いことをすれば、学校の先生なり両親なりがほめ、他の人がほめてくれる。ほめてもらうと、ああ、こういうことをしたらほめてもらえるのだと、子供心に必ず覚えて、そしてまた良いことをする。このように良い子はますます良い子を続けていき、それとともに、だんだん人の和が大きくなっていくということなのですね。

ところが、五十歳をすぎると、良い子に育ってきたことに大きな落とし穴があったというのが、今になってわかったと言うんです。では、落とし穴とは何か？

それは、たえず人にほめてもらうことばかりを意識してきたので、他人の価値判断が、自分の価値判断の基準の前提になっていることなのですよ。

●〝良い子〟の行き先が不安！〔樋口〕

良い子というのは、他人から見た〝良い子〟という価値判断で大きくなってきたのですかね。しかし、子供が親や先生などからほめられることばかりを考えて育っているとしたら、問題。また、その子が本当に良い子といえるのかどうか。あまりにも夢がなさすぎますし、子供が本来持っている可能性をつぶしてしまっている。それに、他人の価値判断ばかりに頼っているようでは、今後、生きていくうえでますます重要になる〝岐路に立った時の判断〟ができない。大事な判断力をつけることができませんね。

親や先生からみると、教育というのは、その子供が持っている才能を発見し、それを伸ばしてあげるということ。それぞれの子供が、自分に才能があると信じ、それぞれの夢を育んでいくものです。他人の価値判断の〝良い子〟を続けていると、人間としての幅も狭くなっていくのでは？

●「中坊のタイプは犯罪者タイプ」と言われた〔中坊〕

その〝良い子〟でずっと育ってきた役員の弁護士が、

「中坊社長というのは、何でもかんでも全部、自分の勝手な価値判断だけで物事を決めてやっている。そういう人は基本的に良い子で育った子とは言えない」

と言うんですよ。そして、

「私は悪い子で育ってきたのではなく、良い子で育ってきているんです。でも、悪い子がどのようにして育つのかもよく知っています」

と話を続けました。というのは、彼は当社の役員になってくれる前に、主として刑事事件の弁護人が多かったらしいんです。それで、自分が弁護した犯罪者、被告人は、中坊さんと同じタイプが多かったと言うんですよ。

犯罪者っていうのは、人にほめられようと思わないし、ほめられるようなことをしない。そういうわけで、実際に誰からもほめられもしないから、自分の価値判断だけで動くことになる。すると、自分が社会全体の価値判断からズレていても、それがわからない。だから、ズレていることを平気でやる、犯罪を犯していく――と。

彼はそこまで話して、自分でもよくわからないけど、本来から言えば、中坊社長は良い子に育つ派でなく、悪い子に育つ派だと断言するんです。大体、悪い子に育つ人は犯罪者になる可能性が非常に高いのに、どうして社長の場合はそういう犯罪者にならないで、今日まで生きてこれたのか、非常に不思議だなんて自問自答していました。そして、

「社長が犯罪者にならなかったのは、ご両親の存在が、何か関係があったんじゃないですか」

それだけしゃべって、昼飯だからと外に出ていったんだけど、ぼくもいろいろ考えさせられましたね。

●中坊さんの基盤は育った家庭にあるはず〔樋口〕

いやー、中坊さんのご両親はとても立派な人でしたよ。ぼくの子供のときには、周囲の人たちから、

「中坊さんのお家のお父さんやお母さんを見習いなさい」

と、よく言われたものです。夫婦で学校の教員をやっていたけど、事情があって追いつめられて二人とも辞めて、それでお父さんのほうは弁護士を志した。非常な苦学、努力をして試験に合格。弁護士になり、弱い者の味方になって活動を続けた。それを陰で支えたのがお母さんです。

中坊さんという人は、この父、この母があればこそで。たまたま偶然にできた人じゃないんですね。その基盤は、生まれたときから、中坊家の家庭にあったわけですよ。

●父の〝鉄は鉄のままで生きろ！〟教育〔中坊〕

ぼくのような悪い子に育つタイプが、犯罪者にならなかったのが不思議だ、と役員の弁護士から言われてね、思い当たるふしがあったんですよ。先ほど名前をあげた、小学校の一年から六年までずっと担任だった西田重雄先生なんです。

ぼくは虚弱児だったし、社会性に非常に乏しかった。他の子供たちとのズレもすごく大きかった。それで、西田先生が宿直の日に、ぼくを宿直室に呼ぶんですよ。そして、「中坊クン、君は家で甘やかされすぎているけど、それではアカン！」なんて言って、さまざまな社会的な経験をさせてくれました。

先生と一緒に、生まれて初めてお風呂屋さんに行ったし、靴のちゃんとした履き方も教えてもらった。それから将棋のやり方などいろいろ、学校で習うような勉強じゃないんですけど、いわゆる社会生活にとって必要なことをいろいろ学びました。

こうした西田先生との体験が、ぼくのような悪い子に育つタイプを犯罪者の道に歩ませなかった理由の一つかもしれませんね。

でも、本来ならこんないい先生に、ぼくの父も感謝しなければならないところなのに、そうじゃなかったようです。

ぼくがもう社会人になってからのことですが、西田先生がこう打ち明けました。

「中坊クン、君の親父は本当に変わった親父だったなあ」

父は当時の京都の師範学校卒、母は女子師範学校卒。西田先生も師範学校卒でしたから、先生にしてみれば、自分の先輩の子供を教えているわけです。

それである時、ぼくがあまりにも学校の成績が悪く落ちこぼれていて、その程度がちょっとひどすぎるということで、父を学校に呼んでこのように話したそうです。

「あなたのご子息は成績が悪すぎる。中坊クンの父親のあなたも、母親も、元は学校の先生をしていたのだから、勉強を教えられるはずです。ご両親で子供の教育をしてくれませんか」

つまり、人並みにちゃんと学校の勉強ができ、ちゃんと学校生活ができるようにしてほしい、と頼んだのですね。

まあ、父兄が学校の先生に子供のことで何だかんだ言われたら、普通は、

「ハアー、ごもっもなことで――」

と、聞くものでしょう。ところが、ウチの親父は違った。西田先生に対して言ったそうです。

「あんたは何も心配してくれなくていい。成績で一番悪い〝丙〟をつけたかったら、どんどんつければいい。私は子供に教育はしない、勉強は教えない」――と。
さらに、あんたは学校の先生をしているのに、子供にとって一番悲しいことは何かを知らないから、そう言うんだと言って、こう続けたとのことです。

「残念ながら、確かにウチの息子は〝金〟ではない。〝鉄〟なんだろう。あんたの言うように金には生まれついていない。あらゆる意味で劣っているから、金ではなくて鉄なんだろう。でも、その鉄を家でちょっと教育をしたら、すぐに金メッキをすることはできる。ところが、この子にとって一番かわいそうなのは、その金メッキがじきに剝げてくること。メッキが剝げてきたその時にこの子が一番の不幸に陥る」――と。
だから父は、鉄は鉄として、メッキをしないで鉄としてどう生きていくかということを教えること、しょせんおまえは金ではないと思い知らせることのほうが、その時は酷であっても、ずっといい。もっと大切なんだと言ったんですよ。

「事実、ウチの子は鉄なんだから、自分でも鉄だということをわかり、そのうえでどう生きていくかということを考えさせていきたい」

と話して、西田先生に、

「おまえは何も心配しなくていい。安心して丙をつけてくれたらええんや」

と言い放ったそうです。

先生にはずいぶんと失礼なことを言っていますが、親父はおそらく、出来も悪いし体も弱い、そういうぼくを、ありのままに認めたんですね。出来が悪いなりに自立して、自発的にやっていけと――、体が弱いなりに自分の足で立って、自分でやっていけと――。怒ったりして無理やりにやらせるのではなく、ぼくをそのまま認めて、自分の力でやらせようとした。ぼくにはそういう教育をしたのではないかと思います。

●戦死した仲間を思えば感無量〔樋口〕

当時の一般的な教員から見たら、中坊さんのお父さんの考え方ややり方は、やりすぎに見えるでしょうね。いわゆる教育界の異端児、時代の異端児です。

そんなお父さんだから、教員時代に校長排斥運動をやったりして、勤務地を都会の小学校から田舎の小学校へと飛ばされたわけですね。

でも、この時の中坊さんのお母さんが偉かった。こんなふうにイヤがらせをされるん

家族と一緒に。左端が中坊公平さん。

だったら、この機会に先生なんか辞めて、自分で勉強して何かやったらどうか、とお父さんに勧められたようです。それでお父さんは立命館大学の夜間に入った。そして、法律の勉強をして弁護士になりました。小学校の先生から、急転回の転職ですよね。

実はぼくの生き方というか、運命も、中坊さんのお父さんの生き方に大きく影響されているんですよ。

昭和十七年の十二月、ぼくは京都市立第二商業の五年生だったのですが、戦時体制の繰上げ卒業で、学校を卒業しました。翌年、彦根高商（現・滋賀大学経済学部）に入学。その後、十九年になると戦局はにわかに不穏な状態になり、ぼくは陸軍の甲種特別幹部候補生に志願して受かりました。

ところが、入校前に学徒動員の、海軍の飛行場建設現場で後ろから来たトロッコによって右足に大ケガをして、それがもとで体を壊してしまい、入校は延期になってしまった。その後、海軍の主計見習尉官も受かったのですが、これもまもなく終戦になったので入校はしませんでした。

運が良かったと言っていいのかどうかはわかりません。高校時代の同級生には、終戦を前にして沖縄戦線で戦死したり、広島の原爆にあって亡くなったり、重症を負った人が数多くいます。小学校や中学校時代の同級生もかなりの人が戦死しています。非常に親しかった友人たちが、特攻隊で壮烈な戦死を遂げたり、北太平洋のアッツ島で玉砕しています。年齢はみんな二十歳前後。そんなに若くして亡くなった人たちのことを考えると、感無量な思いになりますね。

●学徒動員と孤独な学生生活〔中坊〕

樋口さんと同じ年齢の頃、ぼくはどうしていたかというと、二次試験で同志社中学に入った後、昭和十九年五月、三年生の時に学徒動員で三菱電機の伊丹製作所に行くことになりました。

その前日、戦争一色に塗りかえられたチャペルの中で学徒動員の壮行会が行われたのですが、引率の教師が、

「生徒たちはこれから職工として働き、同時に五年生、四年生、三年生が一緒に寮生活を送りながら、軍隊の訓練を受けることになります」

と、高らかに開会宣言をした時、突然、後ろの父兄席から大きな声が響き渡りました。

「それは絶対に反対！　子供を寮に入れて働かせるだけでも、親として心が痛むのに、そのうえ軍隊教育をやるなんて無謀だ。子供の可能性を大人が勝手に奪うようなことをした

らダメだ！　みなさん、そうは思いませんか」

父でした。立ち上がって紅潮した顔で訴えていました。その場では父に賛同する人はいませんでしたが、父が言ったことは結局は正しかったのですね。軍隊教育など、まったく無意味きわまるものでした。

その日から一年余り後の八月十五日、終戦を迎えたとき、二百人以上いた学徒動員の同級生は爆撃弾を受けたり、栄養失調などで倒れ、最後まで残っていたのはわずか数十人だけでした。

その後、ぼくは旧制高校の試験にすべったりして、横道にそれながらも、昭和二十五年に浪人をすることなく、京都大学に入りました。ただ、その学生時代も、年賀状が一枚も来ないような、社会からはじきだされた孤独で寂しい生活でした。司法試験も、三回目でやっと受かりました。

ぼくと同じように戦争で多くの同級生を亡くしたり、いろいろ苦労をなされた樋口さんの戦後はどうなりましたか。

●運命を操る〝運〟と〝判断力〟〔樋口〕

敗戦の結果、ぼくは彦根高商を繰上げ卒業。三菱重工に就職が決まっていたのですが、会社の接収で就職が取り消されたため、父の知人の紹介で野村證券京都支店に就職することにしました。ところが、初出社から五日目の日に、支店長の奥村綱雄さん（のちに野村證券会長）から、

「樋口君、せっかく入社してくれたのに悪いけど、明日からこの支店は閉鎖することになりました」

と言われたんですよ。まったく、冗談じゃあない。

「じゃあ、どこか紹介してくれませんか」

ということで、奥村さんに紹介してもらったのが野村銀行（現・大和銀行）。すぐに入れると思ったら、百二十人ぐらい受けて二人しか採用しないという。これでは紹介になっていないのではないかと、文句を言ったんですが。ともかく入ることができました。まあ、奥村さんが手を回してくれたんでしょう。

野村銀行では祇園支店に配属されましたが、新円と旧円の切替えの最中だったため、毎日毎日徹夜に近い状態が続きました。また、銀行で実際に仕事をしてみると、戦時中は学校での勉強よりも、もっぱら学徒動員で軍需工場で働いていたせいもあって、経済や金融の理論などよくわからない。あまりにも無知であることを思い知らされました。

かといって、実務のほうも入行したばかりなのでわからない。それで銀行で働きながら、もっと勉強したいと思いました。

その時にふっと頭に浮かんだのが、立命館大学の夜間に通って弁護士になった中坊さんのお父さんのこと。そうだ、自分も立命館の夜間に行って勉強しようと思いました。父親も応援してくれましたし——。で、試験を受けて受かったのです。

たまたまそんな時に、残業を終えて夜の十一時ごろ、帰宅する途中、偶然、彦根高商時代の友人に会いました。お互いに今どうしてる? という話になって、ぼくが、

「毎日、夜遅くまで算盤で計算しながら、伝票繰ってるのも辛いもんだよ」

と話すと、彼は京都大学を受けると言うんですよ。時代が変わって専門学校卒でも京大を受験することができるようになったのですね。受験できることを教えてくれて、ぼくも京大を受ける気になりました。まあ、この友だちに会わなければ、今の自分はなかったでしょうね。彼は、今でもぼくと顔を合わせるたびに、

「オレのおかげで、今日のおまえがあるんだ。感謝しろ!」

なんて言いますよ。

ところが翌日、京大へ願書をもらいに行き、経済学部の事務室をのぞいたら、知っているおじさんがいたんですよ。その人は、ぼくが子供の頃に商売の布団を家まで運んだお得

意さんの一人でした。これも運なのですかね。それでおじさんに、

「すまんけど、試験を受けさせてください」

と頼んだら、期限が過ぎているから、ダメだと――。でも、ぼくがあんまりねばるものだからついに根負けして、

「実は地方から郵送された願書の整理がまだなんだ」

と言って願書の書類を渡してくれました。そして、ここで書類を書け、と言う。急いで書いたら、今度は、

「写真を持ってきたか」

と聞く。願書をもらいにきただけだったので、写真なんか持ってきているわけがない。それで、おじさんに、

「自分の似顔絵を書いたらどうですか。とりあえず、写真は出来る限り早く間に合わせるから」

などと言って、それで似顔絵を書いて渡したら、

「全然、似ていないなあ」

って――。もちろん、写真は後で撮って渡したけど、おじさんはぼくにこうも言いましたね。

「もし、おまえが合格したら今日のことを忘れずに、京大のためにいつか力を貸してくれ」

昭和二十一年三月、仕事に追われてろくろく受験勉強はしていなかったけど、何とか京都大学経済学部に合格できました。おじさんとの約束はしっかり守って、京大の設立七十五周年記念募金委員長であった堀田庄三住友銀行の秘書役として、そして百周年記念募金では、委員長の大阪ガスの大西正文会長の補佐として東日本のあちらこちらを回って募金を集めましたよ。

まあ、友だちに会って京大を受けられることがわかったこと、願書の届け出の締め切りが過ぎていたのに、知り合いのおじさんがいて受験ができたことなど、運が良かったとしか言えません。その時のおじさんは宮崎さんといって昨年お亡くなりになりましたが、永い間お付き合いをお願いしました。

第Ⅱ章 旅立ちの原点から社会での飛躍へ

●学生運動にのめり込む息子と親父の心配〔樋口〕

昭和二十一年、京都大学に入学したぼくはすぐに弁論部に入りました。二年生になると主将に推され、朝日新聞主催の「朝日討論会」に代表として出場して、三人一組で優勝したこともあります。

京大弁論部の初代主将は、片山哲内閣の商工大臣だった水谷長三郎さん。つまり、戦前の初代主将が水谷さんで、ぼくが戦後の初代主将というわけです。だから、ぼくのしゃべりはそこから——、つまり弁論部で鍛えたことからきているんですよ。

弁論部に入ったのは、政治家になろうと思ったからです。弁論部の縁で水谷さんの選挙ではたびたび応援演説に行きました。水谷さんの後を継いで、いづれ衆議院に出ようかなと思ったこともあったし、水谷さんから、

「秘書にならないか」

と誘われたこともあったけど、思想的に共鳴していたわけではなかったので断りました。政治家になりたいという気持ちも、なぜか次第に薄れていきましたね。

一方、当時の京大経済学部はマルクス経済学一辺倒といってよく、学生運動のメッカと

いわれるくらい過激な雰囲気がありました。しかも全国的に学生運動の嵐が吹き荒れており、僕は京大の自治会「同学会」の委員長代行に推されて、デモの先頭に立って歩いたこともあります。

さらに、僕自身の活動はエスカレートしていき、全学連の前身である「全国官立学生会議」の議長をほんのしばらくの間でもやるほどになった。すっかり学生運動にのめり込んでしまったそんな僕を親父はものすごく心配したのですね。

僕は学生運動のリーダーだから、毎日、だいたい朝の三時頃まで活動をしていましたが、ある日、友達と家に帰る時にフッと見ると、親父らしい人が自転車で走り去っていくのですね。友達は、

「あの人は、毎日、いつもああいうふうに、大学の門のところにいて、君が帰るのを見届けてから去っていくよ」

と言うんです。うかつにも友人との話に夢中になって気がつかなかったのです。

ぼくが家に帰ってみると、確かに自転車の様子から、どこかに出かけていて今、帰ってきたところという感じなんですよ。そして親父はどうしているかというと、一所懸命に寝たふりをしてる。

そんな親父を見て、〝一人息子なのに心配ばかりかけて、これではいけない〟と反省さ

せられましたね。それに、ちょうどその頃、関西学生運動の派閥争いが頂点に達していて嫌気がさしていたこともあって、運動から離れていくことにしたのです。

そこで、もう一度原点からやり直そうと、日本の歴史を根本的に勉強することと、マルクス主義を正しく評価するために西洋の社会思想史を学び直すことにしました。日本史のほうは何とかなりそうでしたが、西洋の社会思想史のほうはなかなか難題。ギリシャ哲学については本を読み、キリスト教は本を読むよりも教会に行ったほうが手っとり早いということで、教会に通うことにしました。

そこで飛び込んだのが、京都・西陣にあるカトリック教会。プロテスタントではなくカトリックにしたのは、同じキリスト教でも古い宗派のほうから入ろうと思ったからです。迎えてくれたのが、富沢孝彦という、ローマから帰ってきたばかりの若い司祭です。非常にざっくばらんなおもしろい人で、

「まあ、そんなむずかしい話をするより酒を飲もうよ」

と、一緒にドブロクを飲みながら、聖書の世界の話をしてくれたり、青春の悩みごとなど、いろいろ語りあったりしました。

ぼくがカトリックの信者になり、洗礼を受けたのは、富沢司祭の人柄にすっかり惚れ込んでしまったから。この人の影響はすごく大きかった。

樋口さんが京大入学のときお世話になった宮崎さん

樋口さんの悩みごとを聞いてくれた富沢孝彦司祭

後年富沢さんは札幌司教になってその地で亡くなられたんで、ぼくは一年に一回は北海道の富沢さんの墓地にお参りしています。ちなみに、富沢さんがぼくを「聖人アウグスチヌスの若い頃にそっくりだ」ということで付けた洗礼名は〝アウグスチヌス〟。聖人アウグスチヌスは、若い頃、だらしのない生活を送っていたのに、その後、愛と知の精神に目覚め、さまざまな思想や宗教を経て、最後に三十二歳でキリスト教にたどりついた初期キリスト教の偉人です。

まあ、京都の旧家で生まれ育ったのに、なぜキリスト教徒なのかと聞かれることがありますが、洗礼を受けたからといって仏教や神道と縁を切ったわけではない。その後も毎日曜日に教会に通っていると同時に、しばしばお寺や神社にお参りしています。

●受験勉強もしないで入った大学生活の孤独〔中坊〕

ぼくが大学を受験した昭和二十五年は、大学の一期校は京都大学と東京大学しかなかったのですよ。だから、その受験はものすごく大変だったのですが、ぼくはまったくといっていいほど、受験勉強をしなかった。

いよいよ明日が受験の日だという時になって、さすがに母親も見るにみかねて、

「公平さん、受験の前の日くらい、勉強しなさい」

と言ってきました。前の日になってじたばたしても始まらないから、

「試験の科目の範囲が広いので、いまさらやっても無理だよ」

というようなことを、ぼくが答えたら、

「それでも、少しは勉強したら？」

となおも母は言ってくる。それでぼくは、

「おいしいうどんを食べさせてくれたら、勉強するよ」

と言ったんですよ。当時のうどんはすごく贅沢な食べ物でした。それを母は三袋も買ってきた。早速作って腹一杯食べさせてくれました。そのお陰があったのか、京大に合格しましたが、形式的に卒業したという感じ。その学生時代は、正月になると、母から、

「公平さんには、お友だちからも誰からも、年賀状が一枚も来ないのね」

と言われるくらいの、孤独で味気ない学生生活でした。樋口さんの大学生活とはずいぶんと違いますね。

●初心を持て！　そして貫け！〔樋口〕

学生運動から身を引き、相応の勉強をして大学を卒業しましたが、京都大学時代で印象に残る先生といえば、出口勇蔵先生ですね。

出口先生の専攻は経済思想史と経済哲学で、ぼくは出口先生の経済哲学のゼミに属していました。それで、卒業論文を書く時にこんなことを言われたのですね。

「卒業論文というのは、いろいろ学説を集めてきて、それをまとめればいいと思っている人がいるかもしれないが、そうではない。少し変わっていて論文らしくなくてもいいから、必ず自分の意見を入れなさい」

ぼくは卒業論文を書くのに、人の書いた論文を集めて、それをまとめる形で書こうとしていたのですが、出口先生に、

「必ず自分の意見を入れるように」

と言われて、

「なるほど」

と目を見開かされる思いがしました。今でもその言葉は、ぼくの心に一つの人生訓となって残っていますね。

ぼくが大学を卒業した昭和二十四年は、極めて貧しい時代でした。

前年の二十三年に出た政府の方針は「貯蓄による安定」と「輸出による振興」の二本柱。

日本はお金がないから、貯蓄を増やすという方策であり、同時に、物をつくって輸出をするにはお金がいるから貯蓄しよう、ということですね。

このことを頭に入れて、ぼくは住友銀行を選んで入りました。当時、就職するのが一番むずかしいといわれていたある紡績メーカーにも受かり、ここのほうが給料もちょっと高かったのですが、お金の流れのウラには、必ずモノの流れ、商売の流れがあり、全体を見ることができると考え、結局は銀行のほうを選びました。

銀行に入ることになってぼくが決意したのは、「金の切れ目が縁の切れ目でない銀行屋になろう」ということ。だから、反社会的なことや非道徳的なこと、法律に反することを除いて、自分を信頼してくれたお客様に対して、「絶対に不渡りを出さない」、もし、不渡りを出すようなことがあったら、銀行を辞める――、それをモットーにしてやってきました。

入行以来、支店長もやりましたし、業務部長や業務推進部長を歴任しましたが、実際上、そうしたお客様の信頼を裏切るような不渡りは一件も出していないと思います。

やっぱり、何事も最初において、〝こうしよう、あるいはこうはするまい〟といった覚悟、初心を持つべきです。そしてそれを貫くことが大切なんですよ。

中坊さんも、弁護士になるときにそういう考えや覚悟、初心があったのではないですか。

もちろん、弁護士になったのは、お父さんの影響があったのでしょうね。

●母が言った「弁護士にはなるな！」〈中坊〉

弁護士になったのは、もうほとんど父の影響だけと言っていい。その父の影響も二つあって、一つは母が言った〝父の職業の弁護士にはなるな〟ということです。

ぼくが弁護士というもの、職業としての弁護士というものを、初めて聞いたのは小学校五年生の頃。それを聞いたのはお袋からなんです。

母がですね、ぼくに言ったのは、

「公平さん、あんたな、大きくなったら、お父さんみたいな弁護士にならんほうがいいよ」

その理由というのが、世の中はずるい人とずるい人がいるからケンカになって紛争が起こる、弁護士という商売は、そのずるい人とずるい人の間に入ってまた金もうけをしようとする商売だ――と。だから、

「こんなアコギな商売はないから、おまえは大きくなって、弁護士になったらアカン」

というわけです。これが親父の職業、弁護士に対するお袋の解説でした。おまえの父親は弁護士をやっているけど、ぼくには弁護士にはなってはいけない、と言うんですね。

弁護士であるぼくがこう言っては何だけど、なるほど、当時はものすごく悪い弁護士、アコギな悪徳弁護士がいたんですよ、本当に――。そんなことから母がぼくに弁護士になるな、と言ったのも当然かもしれません。

●〝悪徳弁護士〟という言葉が流行った！〔樋口〕

そうそう、ぼくらの子供の時は、〝悪徳弁護士〟という言葉が流行りましたね。世間的に、弁護士という職業はほとんど尊敬されていなかった。もちろん、中坊さんのお父さんのような、〝弱きを助け、強きをくじく〟、弱い者の味方、正義の味方という立派な弁護士もいたけれど、弁護士というのは当時はどちらかというと悪徳、というイメージが強かったですね。

大学の学部で、法学部か経済学部かのどちらかを選ぶ、といった場合、法学部のほうがつぶしがきくんです。銀行などの会社にも行けるし、法曹関係の仕事にも就ける。そして裁判官にも弁護士にもなれるんだけど、やっぱり、弁護士を選ぶのはためらわれるほど、社会的な評価はそれほど高くなかったですね。

その評価が高くなったのは、最近のことじゃないですか。それには中坊さんの力が大きいし、他の多くの弁護士さんたちもがんばってきましたからね。

〝弱きを助け、強きをくじく〟のが弁護士〔中坊〕

母に、〝弁護士にはなるな〟、と言われて、ぼくは父親に、〝お母ちゃんはお父ちゃんの職業のことを、こう言ってるぞ〟と言いつけたんですよ。すると、父は、

「公平、それは違うぞ。弁護士という商売は、弱きを助け、強きをくじく商売。この世の中には絶対に必要な仕事だ」

そう言うんですね。

父は〝忠治〟という名前でして、江戸時代末期の侠客、国定忠治と同じ名前です。それが父とどう結びつくのかよくわからないのですが、父は、

「国定忠治はヤクザだったけど、弱い者の味方だった。お父ちゃんも、弱いもんの味方になって強いもんをくじくんだ。だから、お父ちゃんがやっている弁護士というのはいい商売なんだ！」

なんて、いばって言ってました。

父は〝弱きを助け、強きをくじく〟信念を、年をとってからもずっと持ち続けていまし

父・忠治(左)の一言が弁護士の道に入るきっかけに。

司法修習生時代の中坊公平さん(左端)。

たね。後年、ぼくが森永砒素ミルク中毒事件の弁護団に入るかどうか、父に相談した時も、まったく変わっていませんでした。

森永の被害者の弁護をやれば〝アカ弁護士〟のレッテルを貼られるだろうし、大企業や国が相手だから、自分の仕事の本来の依頼者を敵に回すみたいなことになる。どうしようか、と相談した時、親父はすごく怒ったんですね。

「公平、お父ちゃんはな、おまえをそんな情けない子に育てた覚えはない。おまえ、そもそも、森永砒素ミルクのような赤ちゃんに対する犯罪に、右の思想も左の思想もあると思うのか。おまえみたいな、ちっちゃい時から出来の悪い子でも、人さまのお役に立つことがあるのなら、行くのがあたりまえ、やるのがあたりまえじゃないか」――と。

親父には、森永砒素ミルクの被害者の子供たちと、昔、小学校の先生をやっていたときに教えた子供たちの印象が重なっていたのでしょう。また、同時に〝弱きを助け、強きをくじく〟ということこそ、弁護士であるおまえの仕事じゃないか、とぼくに教えてくれたのだと思いますね。

父の言葉で、ぼくは森永砒素ミルク中毒事件の弁護団長を無報酬で引き受けました。また、今後の企業相手の仕事に差し支えるのではないかという心配は、顧問先は二、三件減っただけで、ほとんどは残ってくれました。

●社会的評価が高くなった弁護士だが――〔樋口〕

やっぱり、中坊さんのお父さんは素晴らしい弁護士だね。そりゃあ、悪徳弁護士といわれるような人も少なからずいただろうけど、お父さんは信念を持って地道な努力を続けてきた。本当に弱い者の味方になって働いてきたんですね。

このお父さんが弁護士になった時の、いわゆる初心が、〝弱きを助け、強きをくじく〟ではないですか。この初心をお父さんは一生貫いたわけです。

戦後、世間の評価、格が非常に高くなったのは弁護士と歯医者だと思うのですが、現在のように弁護士に対する評価が高くなったのは、中坊さんのお父さんのような人ががんばってきたからでしょうね。

●弁護士になる決心をさせた父の一言〔中坊〕

それからぼくが弁護士になった、父から受けた二つめの影響は、これはまた全然別のことです。

終戦直後、ぼくは中学校の終わりの学年だったのですけど、世の中は食料がない時代。みんな田舎へ帰って農業をやっていました。ぼくも田舎の京都府綴喜郡井出町字上井出という地区にある父の実家で農業をしていて、その日も親父と一緒に農作業を終えて家に帰ってきました。

それで、実家の前まで来たので立ち止まると、ぼくたちの目の前を農家の一家が立ち去っていく。その一家の姿というのは、普通のどこにでも見られる光景です。

リヤカーを引っ張っているのが、一家のお父さんで、荷台に乗っているのがその日の収穫物と子供たち。お母さんはリヤカーを後ろから押し、その隣をおじいちゃんが鍬をかついで歩いている――、本当にどこにでもある農村の光景です。

その農家の一家を見送っていた時、親父が突然、ポツリと言ったのですよ。

「公平、世の中の幸せっていうのは、こんなもんかなあ」――と。

親父が言ったその一言が、ぼくの心に非常に強く残りました。

親父はその言葉に続けて、子が親の職業を継ぐのは親父にとって一番うれしいことだし、親孝行なんだよ、とも言いました。

農家の一家の何気ない姿を見送りながら、親父からこの二つのことを聞いた後、小学校時代にお袋に教えてもらった一つの詩を思い浮かべました。ドイツの詩人、カール・ブッセの詩『山のあなた』です。

「山のあなたの空遠く、
『幸い』住むと人のいう。
ああ、われひとと尋めゆきて、
涙さしぐみ、かえりきぬ。
山のあなたになお遠く、
『幸い』住むと人のいう。」

という、有名な詩。この詩をふと思い出したんですよ。そして、ぼくは、人間というのは、どんな社会であったとしても、やっぱり幸せを求めて生きていけるんだ、そう思いました。

イギリスの法学者・哲学者で、功利主義を唱えたベンサムが、「個人の行為の判断基準が幸福の追求にあるのと同様に、国家にとって一番幸せなのは、最大多数の最大幸福だ」と言っていますが、確かにそのとおり。要するに〝幸福感〟というもの、幸福だと感じることが大事なのですよ。

しかし、その幸福、幸せとは何ぞやということになると、この世の中、あまりにも外的な条件にばかり片寄りすぎているんだね。いわゆるお金をいっぱい持っているとか、地位が高いとか、名誉があるとか、外的なものを求めすぎている。だけど、そういうものを求めていっても、結局、求め得られない。そして涙さしぐみ帰りきぬ、山のあなたになお遠く――となるわけです。

おそらく、この『山のあなた』の詩の言いたいことは、幸せというのはそんな遠いところにはないということでしょう。ぼくと親父が見送った、小さな農家の一家に見られるような、非常に身近なところに――、心の中にこそ、幸せはあるんだよ、ということが、この詩の意味だろうし、親父もそのことをぼくに教えてくれたんじゃないかなあと思います。それで、親父がポツリと言った「幸せってこんなものかな」の一言、『山のあなた』の幸せ論、親の職業を子が継ぐことが親孝行――ということから、ぼくの場合はそれに弁護士業がピタッと重なりました。

ぼくが大きくなって親父と同じ商売をしたら、誰が一番喜ぶかというと、親父です。それが親父にとって幸せなら、ぼくにとっても幸せなはず。そんな身近なところに親子の一番の幸せがあるのなら、親父と同じ商売の弁護士業を継ごうと決めました。弁護士の社会性とかなんとかといったことは考えてなかったですね。

●上司の良いところを見つけるようにしろ！〈樋口〉

中坊さんはお父さんから影響を受けて、弁護士を志望。実際に弁護士になって活躍をしているわけですが、ぼくは昭和二十四年に大学を出て住友銀行に入り、いろいろな先輩から影響を受け、多くのことを学びました。

こんなことがありました。二十六歳の時、梅田支店から東京支店に転勤になったのですが、当時の支店長は、のちに頭取になった浅井孝二さん。その浅井さんが、ある時、

「ぼくのことを偉いと思っているか」

と聞くのですよ。平社員からみれば、浅井さんは大きな支店の支店長。偉いに決まっている。それで、

「はい、そう思っています」

と答えると、浅井さんは、

「別に偉くも何ともないんだ」

と言われたのですね。そして、

「守衛の人や掃除の人も、みんなそれぞれに大切な役割を持っている。そのなかでぼくはたまたま、支店長という仕事をしているだけ。人間の偉さというのは、その人の地位や携わっている仕事では判断できない。そのことを忘れてはダメだよ」

と、ぼくをさとすように話しました。

まったくそのとおりなのですね。仕事上の地位が上ということと、人間として偉いということは別です。後になってぼくは〝住友銀行の中興の祖〟といわれた堀田庄三頭取の秘書役を務め、そのお陰で政財界の大物と呼ばれる人たちと直に接しましたが、本当に偉い人は威張り散らさないものなんだ、ということを知りました。

●本質を突き詰める「現場主義」で成功！〔中坊〕

中学校の最終学年の時に、父の一言で弁護士になろうと決意をしたのですが、大学を卒業する時にある銀行を受けてみようと思いました。別に弁護士になることをやめたというわけではなく、何となく受けてみるといった感じです。しかし、父に、

「おまえみたいな気ままなヤツが、銀行なんか勤まると思うのか！」

と一喝されました。

司法試験には三回目で受かり、司法修習生になって初めて月給をもらい、そして昭和三十二年に弁護士になりました。最初は「イソ弁」です。「イソ弁」は居候弁護士の略で、弁護士事務所に勤めて月給をもらい、それとは別に自分の事件は自分でやれる弁護士です。

だから、二つの収入源があるわけで、ぼくもかなりの収入になりました。当時のお金で一晩で十万円、遊びに使ったこともありますよ。

それで親父が、いつまでも遊ばせておくのはよくないと考え、今の家内と見合いをさせたわけです。

余談ですが、見合いの時、頭の中で十項目ぐらいの採点表をつくって、容姿やおっぱいの大きさ、頭の良さの程度などで採点。家内は七十六点、平均点でした。

父とは一緒に仕事をしたことはありません。一度、二人で裁判を引き受けようとしたこともあるのですが、仕事のやり方などをめぐってケンカばかり。

「経験もないアホのくせに、偉そうなことを言うな！」

「お父ちゃんのほうこそ、全然、勉強をしないアホだ！」

こんな調子なので、〝これではたまらない、親父の跡を継ぐのも考えものだ〟と、昭和三十四年、結婚をしおに独立し、大阪に事務所を構えました。

しかし、独立はしたものの、仕事の依頼は全然来ない。悪いことは重なるもので、家内が病気を患うなど苦難は続きました。そうこうしているうちに、昭和三十五年の初め、紹介で和議申し立ての事件の仕事が入り、とにかくにも一所懸命に仕事をやって、和議は成立。まとまったお金をいただくことができました。

その時、驚いたことに、交渉の相手だった債権者が、

「あんたは若いのに、よくやる」

と言って、ぼくの依頼者になってくれたんですね。このことから、弁護士への依頼者の多くは、ツテとかコネ、名声などで仕事を依頼するのではないことを知らされた。弁護士が依頼者をつくり増やして生計を立てていく原点は、仕事ができるかどうかであり、事件になっている現場、問題になっている現場を徹底的に知れば、仕事はうまくいく、ということがわかりました。

この「現場主義」のコツを覚えてからは、依頼者が増え、生活も安定。裁判ではほとんど勝ち続け、それが、さらに依頼者を増やすことにつながりました。

「現場主義」というのは、何も弁護士の専売特許ではないんですよ。現場の中に潜んでいる本質を突き詰めていけば、最終的には一番いい結果が得られる。いい結果が得られれば、お客さんもやってくるから、特別に宣伝する必要もない。こういった一つの生き方を覚えることが大事だと思います。

「現場主義」で順風満帆。また、四十歳の時には、戦後最年少で大阪弁護士会の副会長に就任。事務所には勤務弁護士を置くようになりました。いわゆるぼくの部下ができたわけです。父から、

事務所開設後、ようやく人材も集まり、宮崎へ慰安旅行。手前が中坊公平さん。

「おまえみたいなアホが、アホが――」
と、言われ続けた〝アホな弁護士〟が月給を払う身になったのです。ぼくは何だか急にエラくなったように思いましたよ。

●上司が部下を管理する発想は好きじゃない〔樋口〕

中坊さん、初めて部下を持った気分はどんな気分でしたか。

ぼくが住友銀行で初めて部下を持ったのは、もう四十年も前のことです。総務課長で部下は八人でした。やはり、初めての部下というせいか、当時のことは鮮明に覚えていますね。

最初に感じたのは、〝部下のほうが自分より優秀なのではないか〟ということ。この第一印象は事実、間違ってはいなかったようですが、部下のほうが優秀であっても、別に卑屈になることはない。ぼくは、仕事のできる部下を八人も与えられたことをありがたく思ったものです。

能力があると判断したので、部下の仕事にあれこれ口出しをしないようにして、任せることにしました。

となると、上司のぼくが部下に対してできるのは、彼らが自分の力を十分に発揮できるようにすること。具体的には、部下が悩んでいることや困っていることを聞き出して、それらを解決することです。まあ、それはそれで結構むずかしいのですが、上司の仕事として、まず、部下が働きやすいような「環境整備」から始めました。やはり、部下を信頼して思う存分仕事をさせることが大事なのですね。

今考えてもこのぼくのやり方で良かったと思っています。新しい上司が、いきなり部下をぐいぐい引っ張っていくような攻撃的な仕事を始めると、部下は萎縮して仕事への意欲を失ってしまう。無気力な〝指示待ち族〟に成り下がりかねない。これでは部下にとっても、上司にとってもタメにはなりません。

その後も多くの部下と仕事をしましたが、ぼくは上司が部下を管理するという発想は好きじゃないのですね。

人は誰でも自助努力の精神を持っているもの。人は必ず何らかの意欲を持っているということを前提にして、ぼくは部下と接してきました。上司が無理やり引っ張り上げなくても、部下は自由に飛び回るだけの力を潜在的に持っているのですよ。浮上しないとしたら、それはその部下に意欲がないからではなく、浮力を上回る重しが乗っかっているから。そんな場合は、上司がその重しを取り除いてやればいい。ぼくはそういう意味の上司をずっとやってきたつもりです。しかしそれはあくまで甘い自己採点かもしれません。

●森永砒素ミルク裁判で自殺を考えたこともあった〔中坊〕

「現場主義」でお金もたくさん儲かった。仕事ばかりでなく、株や土地に投資を始めたり、家を新築したりで、非常に充実した弁護士生活。われながら大したヤツだと、自画自賛したものでした。ちょっといい気になっていたかもしれませんね。

そんなぼくの弁護士活動の転機になるのが、森永砒素ミルク中毒事件の被害者弁護団長になったことです。四十四歳の時でした。森永乳業と国を相手取って起こしたこの損害賠償請求訴訟は、大変に辛くきびしい裁判でした。ぼく自身も、そのために持病の糖尿病から低血糖になり、食事もノドを通らなくなって、衝動的に自殺を考えたことがあったほどでした。

森永砒素ミルク中毒事件というのは、昭和三十年の春から夏にかけて、西日本一帯の赤ちゃんが吐き気を起こしたり、体が次第にやせ細ったりして、中には死に至る子も出るという一種の奇病が発生したことが始まりです。原因は、当時森永乳業が発売していた缶ミルクの中に砒素が含まれていて、それを飲んだ子が次々と中毒症状を起こしたというもの。当時の厚生省の発表では被害児一万二千百三十名、死者百三十名となっていますが、実際はその倍以上の被害があったと推定されています。

原因が粉ミルクに混入していた砒素の中毒によるものだとわかった被害者の親たちは、森永乳業に対して補償を求めました。ところが、森永や国は患者認定の委員会と補償額を決める委員会をつくって、三十一年十二月に、ごく一部の被害者を除いて「完治した」と治癒宣言。補償額については死者二十五万円、その他は一律一万円と決めてしまいました。森永は、その補償額の受け取りを拒否した被害者には、書留で送りつけるということまでやっています。

まさに、加害者が子供たちを殺したり、被害を与えておきながら勝手に治癒宣言。そして生き残った被害者には、後遺症だけが残るという結果になってしまいました。

それから十四年後の昭和四十四年、保健婦さんたちがこの森永砒素ミルクで被害を受けた子供たちを訪問して回りました。その結果、後遺症の実態が明らかになり、親たちが国と森永を相手に損害賠償請求の訴訟を起こすことになったのです。

ぼくが森永砒素ミルク中毒被害者弁護団長になったのは、昭和四十八年二月末。でも、最初は積極的にやろうという気にならなかった。

というのは、いろいろ調べてみると、そのミルクを飲んだ期間が二十日間くらいという短い子もいる。それが十八年間も経って、後遺症が残っているものなのか。森永側は「他の原因によって発生した」と主張して、毒入りミルクとの関係を否定しているのだが、ぼくは「ひょっとしたら、森永の言い分にも理があるのではないか」と考えたりしたのですね。

しかし、被害者の家を一軒一軒訪ねている間に、〝間違いなく被害はある!〟と確信しました。

当時、幼児だった被害者たちはすでに青年になっていましたが、手足が麻痺して寝たきりの被害者は、浅い皿に注がれたお茶を、まるで犬のように舌だけでペロペロ飲んでいる。かんしゃくを起こして畳をかきむしりながら激しく泣く被害者を、なすすべもなく、強く抱きしめる母親。発作を繰り返す被害者は、家族に迷惑をかけるので、自分から精神病院に入っていました。

森永の中毒患者は〝全快〟したことになっているので、医者に行ってもまったく相手にされないし、隣近所からは「先天的な病気なのに森永のせいにしている」と陰口をたたかれる。被害者たちは、自分たちには何の落ち度もないのに、小さい時からずっと疎んじられ、いじめられ、〝アホウ、バカ!〟と罵られてきたんですよ。

しかし、加害者側の国からも森永からも、そして世間からも見捨てられた彼らには、抵抗しようにも、その手だてがなかった。被害者の母親たちは、ただひたすら自分自身を責め続けていました。

そんな弱者たちが、抵抗の声を上げることになったわけです。とはいえ、責任を認めない森永乳業と国を相手取って損害賠償請求の裁判を起こしたのは、被害者たちのほんの一握り。裁判は賠償請求の時効の関係もあって、かつてないほどのスピードで進みました。

一方、刑事事件の裁判では、昭和四十八年十一月、徳島地裁の差し戻し審で森永徳島工場の製造課長に実刑判決が言い渡され、森永の過失責任が認められました。

ぼくたちの損害賠償請求の裁判も進めていけば、間違いなく勝訴していたのですが、昭和四十九年五月に森永が設立資金を出資して、被害者に生活手当や介護料などを支給し、その自立を支援する財団法人の組織が発足。また、森永・国と被害者の間で、恒久対策のための『確認書』が調印され、被害者たちもこれ以上の裁判の継続を望まなくなっていました。

若手弁護士たちは、

「法的な責任を明らかにするために裁判を続けるべきだ」

と主張し、一方、被害者の人たちは、

「これ以上、裁判を続けるなら弁護団を全員解任する」

と言ってくる。ぼくは両者の板挟みになって苦悩しましたが、結局、訴訟の取り下げに同意しました。

その時は、弁護団から、弁護団長として批判を受けましたね。

「歴史の批判に耐えられるように、判決を得るべき。被害者の言いなりになって、和解にすべきではない」

というわけです。今まで一緒になって一所懸命に仕事をしてきた仲間たちから吊るし上げを食ったのですね。それは、本当につらかった。

弁護団に納得してもらい、確かに、判決が出なかったので国や森永の法的な責任はあいまいなまま終わりました。しかし、裁判に勝っても被害者は不完全にしか救われない。ぼくは〝訴訟取り下げ〟の選択を、今でも正しかったと思っています。

森永砒素ミルク中毒事件の損害請求裁判で、ぼくが得たものは大きかったですね。この事件をきっかけに、裁判で勝つだけではない、ましてや金ではない弁護士という職業の持つ幸福に気づかされました。世の中で弱い人たちが何を思って生きているのか、法とは何のためにあるのか、裁判の役割とは何か――など、もう一度原点から考えさせられることになりました。

●住友で様々な人や出来事から学んだこと〔樋口〕

ぼくも住友銀行では多くの人、多くの出来事からいろいろなことを学んでいます。先程話した東京支店時代に出会った浅井孝二さんは、銀行員らしからぬ哲学好きの人でしたが、〝哲学〟の堅いイメージとはまったく逆で、部下からは、

「とっつあん、とっつあん」

と親しみをこめて呼ばれ、慕われていました。この人はコンサートの招待を受けても、招待席や貴賓席には座らず、いつも一般席で楽しんでいました。非常に庶民感覚にあふれていた人でしたね。


昭和三十年に、結婚の媒酌をお願いした伊部恭之助さんは、当時、東京支店の支店次長で、後に頭取を経て取締役最高顧問になられる方ですが、

「いい友だちをたくさんつくれ。友だちを大事にしろ。友だちとの付き合いだけは借金をしてもやれ。もし、それでカネがいるんだったらオレがいくらでも貸してやる！」

と、よく言われました。実際、伊部さんは人をすごく大事にする人でした。


私自身戦後最大の詐欺事件に危うく巻きこまれそうになったこともあります。「吹原産業事件」です。

昭和三十九年四月、支店長として五反田支店に赴任したのですが、それからしばらくして取引先の一つの吹原産業の吹原社長が、七億円の融資を頼みにこられたのですよ。ぼくは彼の人間性に疑わしい部分を感じていたし、その時、以前、企業調査をやっていた時代に培われた勘が働きました。

それは、吹原産業は当時、ボウリング場をつくったのですが、そのオープニングの時、超一流会社の花輪がずらりと並んでいたのですね。しかしその中には、

「どうしてこの会社が、ボウリング場と関係があるのか」

と疑われる会社が数社交じっていた。そこで、ぼくは人脈を使って、それらの会社に、

「なぜ、花輪を出されましたか」

と数社に問い合わせました。すると、その一社から、

「銀座の有名な高利貸しから頼まれて、仕方なく出しました」

という答えが返ってきた。それで、

「これは危ないな」

と判断。融資の申込みを断りました。融資を断られた吹原社長は、しばらくしてから今度は、

「日銀の出す八億円の小切手が今日の午後に入るので、その中から四億円を預金しよう」

と、新たな条件を提示してきた。そこでぼくはその場から席を外して、当時、日銀にいた友人に電話をして、八億円の小切手が切られているかどうか確認しました。友人の答えは、

「切られていない」

とのこと。席に戻ったぼくが、

「あなた、嘘を言っているでしょ。そんな小切手、振り出されてないじゃないですか」

そう言うと、吹原社長は、〝おかしいな〟と首をひねって帰っていきました。

翌年の四月、吹原社長は大手都銀から三十億円の通知預金証書を詐取しようとした容疑で逮捕されました。五反田地区の都市銀行のほとんどが、吹原社長の甘言に乗せられて引っかかったのに、ウチの銀行だけは無傷。ぼくはそうした支店長の中で一番若かった。ぼくの判断は検察庁に褒められました。

昭和五十年に表面化した「安宅産業事件」も非常に思い出に残っていますね。巨額の融資が焦げついて、倒産寸前に追い込まれた安宅産業の主力銀行は住友。当時のぼくは常務・東京営業部長になったばかりで、体調をくずしていたのですが、初めて安宅産業の財務担当者から、

「ウチの会社を助けてください」

と打ち明けられた時は、正直言って体が震えました。

住友が百億円くらいの損を覚悟して、安宅産業を潰して済むような生易しい問題ではない。そこには日本の対外信用の基盤が揺るぎかねないような問題がありました。

ぼくは、当時の磯田一郎副頭取の下で、この問題に専念。最初から最後まで担当しましたが、東奔西走し、まったく命をすり減らす日々を送りました。

結局、昭和五十二年の秋に、伊藤忠商事が安宅産業を吸収することで決着。安宅産業の人間を一人でも多く伊藤忠に引き取ってもらおうと一心でがんばりました。終わってみると、苦しかったとは思わず、むしろ、〝やったな〟という感じでしたね。

この問題解決のために、実に多くの人たちが動きましたが、本当にチームワークが大事であることを実感しました。また、トップの決断がいかに重要であるかということも学びましたし、実際、その時の磯田さんは本当に輝いていました。

ぼくは住友銀行で、五反田支店長、秘書役、東京業務部長、東京業務第一部長、業務推進部長などを担当。昭和四十八年、四十七歳で取締役になり、二年後に常務取締役、五十四年に代表取締役専務、五十七年に代表取締役副頭取と、優秀な上司と部下に恵まれたお陰で異例のスピードで出世の階段を駆け上がることができました。

●〝悪いヤツは眠らせない〟弁護士に――〔中坊〕

昭和六十年には詐欺商法で三万人から二千億円のお金をだまし取った豊田商事の破産管財人をやりました。この時にふっと感じたのは〝悪いヤツほどよく眠る〟という言葉。被害者の側から見れば、〝豊田商事会長の永野にだまされた〟ということになるわけだけど、この事件の裏には殺された永野を利用した人間がいるのではないか。そいつは永野に全部罪を押しつけて、悠々と眠っているのではないか、と疑いました。

実際にそういうところもあったのです。豊田商事が危なくてあやしげな会社ということを知りながら、そこから不当とも思えるような利益をむさぼった会社や人間が少なくなかったのですね。

その時から、ぼくの〝悪いヤツは眠らせない！〟という気持ちは、いっそう強くなっていったように思います。

ぼくは大阪弁護士会の所属で、活動範囲が狭く全国の弁護士にはほとんど知られていなかったのですが、平成二年に日弁連の会長選挙に九九・三％の得票率で当選。こんなに高い得票率になったのは、やはり、豊田商事事件に携わって、その活動が評価されたことやマスコミの報道などで知名度が相応に高まったことなどが大きく影響していると思います。

弁護士活動を続けてきて、訴訟相手の暴力団から暴行を受けたり、「霊感商法」の事件では無言電話が連日かかってきたり、〝殺すぞ！〟という脅迫状が届いたり、まあ、大変なことがたくさんありました。

けれども、弁護士はまさに親父譲りの〝弱きを助け、強きをくじく〟商売、やりがいはあります。

ただ、この弁護士家業、昔から比べれば弁護士の評価が高くなっているのは確かですが、人の不幸をメシのタネにし、トラブルを金に換えることで職業として成り立っていることには変わりない。

今だって悪徳弁護士がマスコミを賑わしているし、ビジネスオンリー、お金もうけだけしか頭にない弁護士があふれている。たかだか司法試験を受かっただけの司法修習生、将来の法曹界を担う若い連中の多くが、〝腹の底から公共的使命を考えている弁護士などいるはずはない〟と思っているとか。弁護士をとりまく状況はあんまり威張れたものではありませんね。

第Ⅲ章 こうして生きた！乗り越えた！

●アサヒビールへの転出と父の死 〔樋口〕

ぼくが、アサヒビールに行くことになったきっかけは、ほんのちょっとした言葉のやりとりからなんですよ。まあ、実際はそんなに単純なことではなかったのかもしれませんが――。

昭和六十年の十二月下旬、ぼくは住友銀行の代表取締役副頭取でしたが、当時の磯田一郎会長と話していた時、磯田さんから、

「住友銀行で支援した会社はみんなよくなっているのに、アサヒビールだけは、どうもうまくいかない。誰か再建を手伝ってくれる人はいないか」

と聞かれました。その話の様子では、〝誰か〟の範疇にぼくは入っていないようでしたが、

「それじゃー、私がアサヒビールに行きましょうか」

思わず、そう言ってしまったんですね。

磯田さんは、ぼくが〝行きます〟なんて言うとは思っていなかったらしい。驚いていましたが、しばらくして、

「実は村井社長からも、樋口君に来てしばらく助けてほしいという頼みがあったが、自分は断った。君はほんとうに行く気があるのか」という話がありました。男子の一言金鉄の如しという言葉がありますが、それを言ってしまった以上やろうと思いました。そういうことで、アサヒビールへ行くことが決まりました。

ぼくは、すでに済んでしまったこと、すでに決まってしまったことについては、あれこれくよくよ考えない性格なんですが、その当時、どういう心境だったかは、中坊さんも想像がつくでしょう。

アサヒビール転出が本決まりになって、ぼくはすぐに京都の病院に入院している父に、その報告に行きました。父はがっかりしたようで、

「住友銀行にずっといられたらなあ」

と、寂しそうな顔をして言ってました。どうやら、父はぼくが住銀のトップになると信じていたようなのですよ。でも、すぐに気をとり直して、

「それはそれでいいじゃないか。長年お世話になった住友銀行に恩返しをするつもりで、一所懸命がんばりなさい」

と、励ましてくれました。

その夜は、ぼくは父の病室で一緒のふとんに入って寝ました。それまでの三十数年間の

住友銀行でのさまざまな思い出や、これからのアサヒビールで迎えるであろう多くの困難などが頭に浮かんできて、悶々としてなかなか眠れません。

真夜中の何時ごろだったでしょうか。隣で眠り込んでいるはずの父が、体をごそごそと動かして、ぼくのほうに向き直ったのです。〝どうするのかな〟と、目をつむったままその様子を伺っていると、父はぼくの布団の裾を、子供を寝かしつけるかのように、ポンポンとたたいたのですよ。八十三歳の父親が六十歳の息子にです。〝ああ、いくら年をとっても、親が子を思う気持ちは変わらないものなのだなあ〟と胸にジーンと来ると同時に、次の職場で全力を尽くす覚悟を決めました。

父が亡くなったのは、それから二カ月ぐらい経ってからです。

ぼくは昭和六十一年一月に、次期社長含みでアサヒビール顧問に就任していましたが、大阪でアサヒビールの特約店さんとの会合があり、終わった後、ホテルに戻って寝ようかと思ったのですが、妙に胸騒ぎ、変な予感がする。それで最終の京阪電車に飛び乗って、京都の病院にかけつけました。

父はもう多くを話せる状態ではなく、ぼくが父の布団にそっと入り、一緒に横になって三十分後、静かに息を引き取りました。

小学校も満足に出ていなかったけれど、すごいがんばり屋だった父。口に出して言わないけれど、ぼくのことを本当に心配してくれました。父が亡くなる前のほんのひとときを、すぐそばで過ごせたのは、最後の思い出でした。

なお、母は、父の死の二年後に亡くなりました。大学を卒業して以来、東京生活が長かったぼくは、晩年の母を寂しがらせないためや、ぼく自身も会いたかったので、毎月一回は京都の実家に帰るようにしていました。母と顔を合わせるだけで、仕事の苦労も忘れて幸せな気持ちになりましたよ。母もぼくが帰るのをものすごく楽しみにしていたようでしたね。しかし、実際に身近で両親の面倒を見てくれたのは三人の妹です。近くに住んでいたといってもほんとうに感謝しています。

●父の葬儀のあいさつで表した父への心情〔中坊〕

樋口さんのお父さんは、ぼくが子供の頃、仕事やら何やらでよくぼくの家に来たので、その頃のおじさんをよく知っていますが、とてもいいおじさんでした。

ぼくの父は、世間的にかなり変わっており、ぼくともしょっちゅうケンカをしました。でも、大好きな父親でしたね。

父が亡くなったのは、昭和五十一年。七十九歳で、ぼくが四十七歳のときでした。

父はぼくが独立してから、しょっちゅう我が家に来ていました。母のほうはあんまり来なかったのですが、父は、ぼくが留守でも三日とあけずに来て、ご飯を食べていましたから、家内も大変だったと思いますよ。

七十歳を越したあたりから、父はほとんど仕事はやっていなかったようですが、毎朝、「裁判所へ行く」

と言って出かけていったんですよ。でも、実際は行き先は裁判所ではなくて弁護士会。そこで若い連中と碁を打って、昼御飯を食べ、夕方帰ってくるという日々を送っていたようです。

父の葬儀の時、五人の兄弟姉妹のうち、兄と姉一人はすでに亡くなっており、ぼくが喪主を務めました。父の生き方を一言で言うと、〝不器用〟。その不器用なところに、ものすごくいとおしさを感じるのですが、葬儀の時のあいさつが、ぼくの父に対する気持ちがよく表れています。

大体、次のようなことを話したのではないかと思います。

「父の人生は、十二年間の教員生活と四十八年間の弁護士生活。父は父の人生の中で何事においても安易な妥協をしなかった。自分の思ったことをやり抜き、そのために、自分自身が傷ついたこともあったが、死ぬまでその生き方を変えなかった。

父は強く、男らしい男で、ぼくにとっては最大の理解者。また、困った時にはいつも助けてくれる守護者だった。

ぼくには、今でも父の声が聞こえる。

『公平さん、元気を出して前へ進め。お父ちゃんとお母ちゃんは、いつも公平さんのそばにいる。いつも一緒にいるから、がんばっていこう』――と。

ぼくが、弁護士の仕事をやっていて、いつも思うのは、父が生きていたら、今このときの仕事ぶりを見て何と言うだろうか、ということ。ぼく自身は、

『公平さん、お父ちゃんの言いつけを守ってがんばってるな。よくやってるぞ』

と、父は喜んでくれていると思っているのですが――」

●新しい世界に生きるなら、過去は忘れよ！〔樋口〕

アサヒビールに行くことが決まった時、心に深く刻み込んだ言葉がありました。それはフランスのノーベル文学賞作家、アナトール・フランスの「新しい世界に生きようとするならば、前の世界のことは死なねばならない」という言葉です。

この言葉はぼくにとって父の死もあてはまりました。そうなんですね。本当に大好き

だった父だけど、昭和六十一年三月のアサヒビールの社長就任を前にして、いつまでも父を偲んで悲しがってばかりはいられない。父だって、そんなぼくを喜ばないでしょう。何だか、

「アサヒビールにすべてを賭けよ」

という父の声が聞こえたようで、ぼくは、アナトール・フランスの言葉のように、これからは新しい世界、〝アサヒビールの樋口〟として生きようと思いました。以前のことは、すべて死滅させせました。

もともと性格はうじうじしないサッパリしているタイプと思っています。その時はまだ住友銀行副頭取の肩書はあったのですが、以降、銀行には正式には一度も出社しなかった。アサヒビールの再建に精神を集中させていきました。

今、リストラなどでそれまでの職場をやむを得ずに去って、新しい職場で働く人が増えています。不況なので、そうそう簡単には仕事は見つからないし、新しい職場が見つかっても馴れるまでが大変。ただ、どちらにしろ、言えることは過去をいつまでも引きずるな、ということです。

「前の会社では、どうだった、こうだった」

など、大体は、

「ああ、あの時は良かったなあ」

という過去の栄光を懐かしむケースが多いのだけど、これではダメ。こんなことでは、新しい世界で生きていけない。やはり、「新しい世界に生きようとするならば、前の世界のことは死なねばならない」ですよ。

自分の回りを見回してみると、すぐわかる。過去をダラダラと引きずっている人、過去にとらわれている人ほど、暗い人生を送っているんですね。

ぼくの場合、当時のアサヒビールは、世間から〝夕日ビール〟とからかわれるほどのどん底状態で、周囲の人たちからは、

「あんなひどい会社に行ったら、樋口さんの晩節を汚すことになるから行くのは断ったほうがいい」

などと言われたものです。

しかし、そんな会社だからこそ、やりがいがあるというもの。ぼくは、スパッと気持ちを切り換えてアサヒビールに乗り込み、全力を尽くそうと思いました。

●「公平さんにちゃんとしてって言って」と最期の母〔中坊〕

樋口さんは母親よりも、父親のほうの印象が強いようだけど、ぼくの場合もどちらかというとそうですね。ただ、大人になるまで社会に適応できず、ふらふらしていたぼくをかばってくれた母がいなかったら、どうなっていただろう、といつも思いますよ。

この母は、入退院を繰り返す晩年の父の世話をするうちに、自分の心臓病が悪化して、父の死より早くその四カ月前に亡くなりました。七十七歳でした。

父と母はぼくが子供の頃は、毎日のようにケンカをして、ふだんは物静かな母が大きな声を張り上げ、家出をすることもありました。が、それも晩年はケンカをすることはなくなりましたね。

だんだんに病気が重くなっていく父を、車椅子に乗った母が、毎日見舞いに来る。そして、

「あんた、早く良くなって、早く家に戻ってね」

と、いつも同じ言葉で、何度も話しかける。ベッドの父はニコニコとうなずいているだけなのですが、母が帰った後に、

「昔、ワシにつっかかってきた富が、こんなに優しいことを言うようになった。あいつももう長くないいな」

とつぶやきながら、ポロポロ涙を流していたものでした。

母は遺言らしきものは残しませんでしたが、ただ一つ、フォーレの鎮魂歌『レクイエム』のレコードの裏に、

「私の好きなミサ曲、死んだらかけてください」

とだけ書いてありました。母の葬儀にはその曲が流れましたが、母がぼくにしてくれたことや話してくれたことがいろいろ思い出されてきました。また、冷たくなった母に、

「お袋、あんたの人生はどんなだった？」

と、胸の内を聞いてみたくなったことを覚えています。

母の死ぬ間際の言葉は、

「公平さんにちゃんとしてって言って」

父の最後の言葉も、

「公平さんに相談してください」

でしたから、二人とも、ぼくのことを最後まで気にかけてくれたのですね。

母は、生前、ぼくにあれこれ口うるさく言うことはほとんどなかったけれど、やっぱり、心の中では心配だったのでしょう。

両親が亡くなったのは、昭和五十一年で、ぼくが四十七歳の時。弁護士としての仕事はまあ順調で、昭和五十九年には大阪弁護士会会長、近畿弁護士会連合会理事長、日本弁護

士連合会副会長、六十年には新設の総合法律相談センターの運営委員長を務めました。豊田商事の破産管財人を引き受けたのは、その年、六十年です。そして、平成二年から四年まで日弁連の会長を務めることになるわけです。

●「ごちゃごちゃ言わんで、社長のお前ががんばれ!」と従業員〔樋口〕

ぼくが社長に就任したアサヒビールだって、最初から調子が悪かったわけじゃない。戦前は約八割近い圧倒的なシェアをもっていた「大日本麦酒」が昭和二十四年、過度経済力集中排除法により「朝日麦酒」と「日本麦酒」の二つに分割されました。朝日麦酒は現在のアサヒビール、日本麦酒は今のサッポロビールさんです。

その時のシェアはトップで、朝日麦酒は三十数%。キリンビールは三位でずっと低かった。これ以後、アサヒビールは年々シェアを下げていくわけですが、ぼくが住友銀行時代に、貸付業務で初めて縁を持った頃のアサヒビールは超優良といってもいい企業でした。

当時、ぼくはアサヒビールにカネを借りてもらおうと、本社に足繁く通ったのですが、住友銀行がアサヒビールの主力銀行であったにも関わらず、カネを借りてくれない。預金もしない。住友銀行の歴代のアサヒビール担当者たちは、

「取引をするのに、こんなにむずかしい会社はない」

と嘆いてきた会社で、ぼくが担当になってからも、もちろん、大変な苦労をしました。しかし、カネを借りてはくれなかったものの、少額でしたが、預金はしてくれました。

ところが、次第に会社は傾き始め、低迷するアサヒビールの再建の切り札として、住友銀行副頭取の村井勉さんが次期社長含みで顧問に就任する昭和五十七年一月頃には、ビールのシェアは一〇％ギリギリという状態。また、ぼくがアサヒビールの顧問で入り、そして社長になった昭和六十一年頃には、シェアは一〇％を切り、業界トップのキリンビールさんのシェアはアサヒビールの六・五倍にもなっていました。実質的には四位のサントリーさんにも抜かれていた状態でした。

ぼくのアサヒビールの社員に対する第一声は、

「私は自分の今までを振り返って、生まれつき運が強いと思っている。絶対に良くなると思うので、この強運を信じて私についてきて欲しい」

そして、当時の村井社長には、

「当社の決算は十二月です。来年の株主総会では、この全期間について責任を持たなければならない。私の顧問の期間の一月から三月までも、社長として指揮をとらせてもらえませんか」

とお願いして、快く承諾をいただいています。

アサヒビールにきて、今もよく思い出して苦笑することがあります。アサヒビールはメーカーですから、工場が大切。そこで社長として考えたのが、工場従業員やOBの人たちとコミュニケーションを図ること、仲良くなることです。

そこで積極的に彼らと接触する場を設けましたが、ぼくは銀行から来た社長。そうそう簡単にコミュニケーションがつくれるものじゃない。用心されるし、敬遠される。なかなか受け入れてもらえません。

そんなイヤなムードを何とか変えたいと思っていた矢先のこと。兵庫県の西宮工場で開いた従業員との親睦会の席で、一通りのあいさつを終えた後、ぼくは、

「みんな一緒になってがんばろー」

とゲキを飛ばしました。すると、手をあげて発言を求める従業員がいる。いったい、何を話すのかと思いながら、

「どうぞ」

と指名すると、その従業員はこう叫んだのですね。

「ごちゃごちゃ言わんで、社長のおまえががんばれ！」

そりゃー、悪気はないのでしょうが、社長に対する言葉じゃない。カーっとなって、頭

のてっぺんに血が上っていくのを感じました。ぼくは昔から気が短いほう。大人になってからはひかえるようになったが、子供時代はケンカっ早くて、母親に、

「人さまに迷惑をかけちゃいけない。ケンカをしてはいけない」

と、耳にタコができるほど言い聞かされて育ってきました。

「何を！」

と、普通なら、その従業員に言い返しているところ。しかし、

「待てよ」

と思い返しました。ここで怒ったらおしまいです。従業員と社長の自分との間に反目が生まれ、溝ができるだけ。冷静になったぼくは、気合をこめてこう答えました。

「よし、わかった！　まかせとけ！」

その瞬間、従業員の間で、

「ワアーッ！」

という歓声とともに、大きな拍手が起こりました。それは銀行からやってきた社長と、生え抜き、プロパーの工場従業員の心が一つになった瞬間。立場の違う者がここでやっとわかりあえたと思いましたね。

カーッなった気持ちはとうにどこかに吹き飛び、晴れ晴れとした気分になったものでし

たが、一方、もう絶対に後には引けないな、と自分に言い聞かせていましたよ。

住友銀行は住友銀行のやり方があるし、アサヒビールにはアサヒビールのやり方がある。アサヒビールの社長としてのやり方がある。このことで、そうした仕事のやり方を自覚しましたね。

●依頼者に厳しいことをズケズケ言う〔中坊〕

ぼくの弁護士という仕事のやり方は、先に話した「現場に徹する」こと。これで仕事が増え、収入も多くなったのですが、その次に考えたのは「顧問料をもらう」ということです。ある一定の限度まで固定の収入があるようにするということですね。

このことは、終戦直後に父の田舎に帰って農業をしていた時の野良仕事がヒントになっています。

そのヒントとは、

「四斗俵を地面から持ち上げるのは容易ではなく大変な力がいるが、地面から三、四センチくらい持ち上がったところから持ち上げるとポンと上がる」

ということです。

実際にそうなんですよ。この三、四センチがあるとないとでは、持ち上げる難易度がまったく違います。

弁護士の生活にもこれと同じ考え方ができるのですね。弁護士のような不確定収入によって生活しなければならない者は、毎月決まった収入が入る「確定収入」を得ることが大事だと思ったのです。つまり、四斗俵という「生活」を持ち上げるためには「確定収入」という三、四センチの持ち上がりが必要だと考えたわけですよ。

では、この考え方をどのように弁護士に応用するかというと、まず、何らかによって知り合った人には、できるだけぼくの顧問先になってもらうことです。いったん顧問先になってもらうと、定収入が入る。しかも、そこからは一般の事件や仕事の弁護依頼も入ってくることが少なくない。

ぼくの顧問先は安定している企業や公共団体が多い。だから、そこから依頼先の輪がどんどん広がって、儲かって儲かってしょうがないということになる――。

一時、そういう時期もありましたが、現実はそう甘くはないようです。もっとも、その原因の大半はぼくにあるのですが――。

どうも、ぼくは依頼者側からみると、いわゆるウケないタイプの弁護士らしいんですよ。こっちは依頼者のタメを思って親切心からいろいろ言っているのに、依頼者はそうは受け

取ってくれない。依頼者にとって、

「うるさくて、厳しいことをズケズケ言う弁護士だ」

と思われてしまうようなのです。だから、ぼくの依頼者が他の依頼者を紹介してくれることは非常に少ない。

一般には、ある依頼者が、弁護士に仕事を依頼してうまくいくと、

「うちの弁護士さんは、実力があり頼りがある」

ということで、他の人を紹介してくれるのですが、ぼくの場合はそうはいかない。

ぼくは依頼者をよく怒るから、依頼者にしてみれば、お金を払っているお客なのに何で怒られなければならないのだ、と不満に思う。しかし、それでも頼んだ仕事はうまくいくので、その依頼者自身は我慢する。

「自分は辛抱できるから、怒られながらも中坊さんに仕事を依頼しているけれど、しかし、こんな状況では他の人に紹介することはできない」

ということになるわけですよ。

たとえば、依頼された民事事件が大変な時に、依頼人がマージャンをやっていることがわかると、ぼくはそのマージャン屋に怒鳴り込む。

「コラーッ、オレがこんなに気張ってやっているのに、何だ、おまえはマージャンなんか

しやがって！」

いつもこんな調子ですから、まあ、一般ウケはしないでしょう。ぼくの依頼者には、三十年、四十年と続いている人や企業が多いのですが、紹介がほとんどありませんから、横に広がっていくことはないですね。

また、弁護士というのは、第三者として客観的な立場から依頼者にアドバイスをしていくというのが仕事といわれていますが、ぼくは、

「そうなのだろうか」

という疑問を持っています。

そういうふうに依頼者の事件を突き放して見るのではなく、依頼者の悩みや困りごとを自分のものとしてとらえて、解決に向かっていくことのほうがもっと大事なのではないか、とぼくは考えるのですよ。

そんなぼくの考え方は、弁護士にとって必要な客観性を失うからダメだ、という人がいますが、実際問題として、被告人の弁護人は絶対に死刑にはならないけれど、被告人は死刑を宣告されることがある。あるいは会社の代理人の弁護士は、会社が倒産しても自分が倒産することはない。

自分の身は安全な立場に置いておいて、依頼者に対して客観的に接するというのはどう

いうことなのか。それでは本当の弁護ができないのではないか。自分も依頼者と同じ立場に立たないと、いい弁護はできないのではないかと思うのですね。

●社員のやる気と優れていた商品開発力〔樋口〕

弁護士と経営者はもちろん、仕事の内容が違うし、立場が違うから、一概にこんなことは言えないのだけど、ぼくの考え方も中坊さんに近いかもしれない。アサヒビールに来た以上は、徹底してアサヒビールの人間になろうと思ったのですね。中坊さんが依頼者の立場になろうとする気持ちとあい通ずるものがあります。

ぼくはアサヒビールに入ることが決まってから、アサヒビールやビール業界などについていろいろ勉強や調査をしました。それで一応はどういう状況なのか、頭に入れていたのですが、しかし、実際にアサヒビールに入って詳しく調べてみると、状況は外からみていた以上にはるかに悪いものでした。

そこでそんな厳しい状況の中で、生産現場である八つの工場全部など社内を回ったり、また、入社年次や職場を問わず、社員と直に話したりして、アサヒビールの現状の把握に努めました。

まず、うれしかったのは、社員がビール好きで明るく、やる気があることでした。業績は非常に悪かったが社員はやる気を失ってはいませんでした。

「オレたちはいい仕事をやりたい。やれるんだ！」

という気持ちを持っていましたね。

次に、ぼくは、工場の従業員から、

「ごちゃごちゃ言うな！」

などと言われたことがありましたが、別にその従業員が乱暴者というわけではない。社員のモラルは決して低くはないことがわかりました。

沈滞している会社では社員のモラルは低下しているのが普通ですが、アサヒビールの社員は他社の悪口を言う者は非常に少ないし、アルコールが入って多少乱れても、個人の品性に関わること、言ってはいけないことは言わないのですね。そのへんのところは、ちゃんとわきまえているのです。

さらに素材的には優秀な人材がそろっており、技術力も優れていました。ただ、優秀な人材がそろって技術力が優れていても、バラバラな状態で、それらが有機的に噛み合っていなかったのですね。

事実、それまでの商品開発をみても、アサヒビールには〝日本初〟というのが多いんですよ。缶入りビール、ビールギフト券、家庭用小型樽生ビールなどを、アサヒビールは業界のパイオニアとして他社に先がけて開発に成功しています。

ところが、なぜか、一過性の成功に終わったり、他社に類似の商品をつくられたりして、〝創業者利潤〟を手にいれていない。〝お人よし〟の社風が災いしたのかもしれません。新しい商品を出しても長続きせず、他社にどんどん出し抜かれていったのです。

●アサヒビールの〝日本初〟とあい通ずる〝創始者〟〔中坊〕

アサヒビールの商品には〝日本初〟のものが多いようですね。ぼくの場合も、新商品の開発ではありませんが、いろいろなことを自分で最初に始めているのですよ。〝創始者〟ということです。

ぼくの弁護士としての一つの特徴として言えるのは、〝先輩〟というものを持たなかったことです。あえて言えば、親父が〝先輩〟にあたるのでしょうが、この大先輩とは弁護の方針などをめぐってケンカばかり。仕事に関していろいろ教えてもらったということは、あまりありません。

後はまるで源義経が鞍馬の山奥で修行したみたいに自己流。誰かに弁護士の仕事やり

1970年頃、小豆島のゴルフ場で父と。

ことはない。
方などを教えてもらったことはほとんどないし、弁護士会の手引きでどうこうしたという

だから、ぼくはいつも創始者なわけですよ。たとえば、日本における消費者委員会を最初につくったのもそうです。また、大阪弁護士会には、

「既成の会派はけしからん」

ということでつくった春秋会という派閥があります。昭和三十三年にこの会派ができて、初めて大阪弁護士会、日本弁護士連合会の会長になったのがぼくなんです。

ぼくは、いつも異分子扱いされるなかで育ってきて、引っ張ってくれる人も何もないから、あまり人の影響を受けないまま今日まできているんですよ。

●問題が山積、しかし、再建を確信!〔樋口〕

アサヒビールの会社自体も、明治二十二年に設立された「大阪麦酒」を発祥とする名門。これまで社会に大きな迷惑をかけたり、世の中をお騒がせしたことはない。誇っていい会社なんですが、業績が低迷しているせいか、アサヒビールの社員だと人にわかるのが恥ずかしかったのでしょうか、社章をつけない社員が多かったし、昼食を食べに外出するとき、

わざわざ制服から私服に着替える女子社員もいました。

どこかピリッとしない。やる気は持っているのだが、それが表れてこない。何となくけじめがない、という感じも持ちました。その一例として、ぼくがエレベーターに乗り込んでも、誰もあいさつをしないのですね。まるで、デパートのエレベーターで、見知らぬ者同士がたまたま乗り合わせたという雰囲気。シラーッとした空気が流れています。

それに、身だしなみも、

「食品会社として、これはまずいのではないか？」

と思う社員も多かったですね。

ワイシャツの一番上のボタンをはずして、ネクタイもだらしない社員が少なくない。

長髪の社員も目につきました。

社章をつけないというのも、身なりがだらしないことと無縁ではない。きちんとバッジをつけ、どこへ行ってもアサヒビールの社員とわかれば、身なりを気にしないわけにはいかないものです。

工場でも、問題がありましたね。設備が全体的に古くなっていて、なんと約九十年も前の機械を使っている工場もありました。たとえば、工場の担当者に、

「このタンクは相当に古そうだけど、いつできたものか」

と聞くと、

「もう、とっくに寿命がきています」

という返事。そこで、

「他のビール会社は、どういうものを使っているのか」

と尋ねると、

「そうですね、ウチで使っている機械とは違って自動的に温度計測ができます」

と答える。こんな調子だったのです。工場に関しても何とかしなければ——、と思いました。

このように、当時のアサヒビールには問題が山積していました。しかし、良いところも少なくなかった。

こうしたことを考え合わせると、アサヒビールが良くならないわけがない、とぼくは確信しました。

●〝後に引けない！〟精神でがんばる！〔中坊〕

樋口さんには、多分、アサヒビール以外にも選択肢はあったと思いますが、ジリ貧のアサヒビールを選んだ。樋口さんの性格や気持ちとして、そこを選んだ以上は、後がないと考えるわけですね。たとえどんな会社であろうとも、もう後には引けない。退路を断ったうえで、再建に臨んだのでしょう。

ぼくのこれまでの生き方にも、それは言えますね。まあ、ぼくはあんまり無理をしないようにやってきたんだけど、危ない目にもいろいろ遭いました。そうした場合、そこには、これ以上は後に引けない、というところが必ずありました。だから、がんばれた。

何事もこれと同じで、後に引けないという気持ちや意気込みがなければ、ズルズルと後に下がっていって、

「まあ、これでもいいや」

となるものです。そこからは良い結果は生まれてこない。

樋口さんは、

「これではダメだ！」

と思って、アサヒビールを変えていった。具体的には、どのようなことをなさいましたか。

●社内を〝やる気〟で満ちあふれさせる〔樋口〕

その第一弾が、あいさつ・身だしなみ運動です。

社員に大きな声であいさつをきちんとさせるようにしたわけですが、まず、ぼくのほうから、

「おはよう」

と、社員に声をかけるようにしました。ところが、それでもあいさつをしない者がいる。そんな時は、

「あいさつぐらい、できないのか」

と、叱りつけたこともしばしばありましたね。

服装や髪型についても、厳しくチェックしました。ネクタイが緩んでいれば、その場で締め直させる。社員バッジをつけていないと、すぐにつけさせる。長髪の社員がいれば、ハサミを持って、

「切ってしまうぞ！」

と脅かしたり、お金を渡して、

「床屋へ行って、髪を切って来い！」

と怒鳴ったこともあります。

このころのことで、いまだに語り草になっている失敗談があるのですよ。

ある朝、バッジをつけていない者を見つけたぼくは、社長室に引きずりこんで、

「アサヒビールの社員として、やる気があるのか！」

と、叱りつけました。ところが、この人は社員ではなかった。それどころか、アサヒビールの筆頭株主の会社の部長だったのですよ。

苦笑いをしているその部長に、ただ、ひたすら謝るしかありませんでしたが、こんな大失敗でも、ぼくはポジティブに考えます。バッジをつけていないぐらいで、あんなに怒った社長の姿を見て、筆頭株主の会社のこの部長は、ぼくが非常に真剣な熱意を持って、社内の意識改革に取り組んでいることがわかったと思うのですね。

きちんとした身だしなみや髪型でないと対外的に信頼してもらえないし、元気で明るくあいさつをすることで、自分ばかりでなく周囲にも良い影響を与える。いずれもビジネスマンとしての基本です。

こうしたことを培っていくことが、困難な状況に負けないチャレンジ精神が育っていく基本になるものなのですよ。

また、社内の人材の有効活用については、自分たちの会社がどんな会社で、どのような目的で商売をさせてもらっているのか、その意識をきちんと持たせるようにしました。

設備の老朽化に対しては、当然、積極的な設備投資が必要です。東京工場に全国の工場の課長以上を集めて、技術者たちにどのような設備を望んでいるか、現在の設備をどのように変えたらいいか、などを聞いたのですが、そうした要望どおりにすると、総額で八百四十億円という数字が出てきました。

この金額は、今のアサヒビールからみると大したことはないのですが、当時の当社の体力からすれば、大変な金額でした。

経営者の苦労を知ってか知らずか、そんな大金が必要な設備投資を要求してくる技術者たちの神経には、正直言って腹が立ちましたが、そこはぐっとこらえてぼくはトイレに行きました。

ずっとそのことを考え、席に戻ってからも窓の外をぼんやり見ながら考え続けました。まだ、どこかに迷っているところがありましたね。

しばらくして、トイレに立っていった技術者たちが全員戻ってきて席に着きました。みんなアサヒビールのために一所懸命に働いてきた連中。これからのアサヒビールのためにがんばろうとファイトを燃やしている。

ぼくは決断しました。そして、彼らを眺めわたしながら、言いました。

「君たちの要求についていろいろ考えてみたけれど、やろう！　全部やろう！」

技術者たちから、

「ワーッ！」

大歓声が起こりました。

彼らの喜ぶ姿を見て、ぼくは、〝やる〟ことを決断して良かったな、と思いましたね。現実問題として、その設備投資は大変です。しかし、それだけの効果は絶対にあると、その時、確信していました。

●意気に感じて仕事をする技術者〔中坊〕

もともとアサヒビールは人材がそろっているし、技術力もある。やる気も出てきている。技術者というのは、一種の職人ですから、いい仕事をしたいという気持ちが強いのですね。それに意気に感じて仕事をします。

自分たちの話や意見にしっかりと耳を傾けてくれる樋口社長の出現は、大歓迎だったのではないですか。

八百数十億円の設備投資でますますやる気になり、

「この社長のためなら――」

と思ったにちがいありません。

●〝前例がない。だからやる！〟〔樋口〕

ぼくは昭和六十一年一月に次期社長含みでアサヒビールに顧問として入りましたが、当時の社長の村井さんにお願いして、すぐに社長として指揮をとらせていただきました。その時に主力商品である「アサヒ生ビール」の味とラベルを変えて、〝コクがあるのにキレがあるアサヒ生ビール〟というコンセプトでつくられた通称「コク・キレビール」が、二月の中下旬に新発売されることを知りました。

それを知って、ぼくは、

「味を変えるのなら、せめてあと一年ぐらい後にやったほうがいいのでは――」

と切実に思いました。

というのは、住友銀行の国際総本部時代に、アメリカのアトランタ州にあるコカ・コーラ社を何度か訪れているのですが、コカ・コーラが味を変えて、それがなかなか消費者に受け入れられず、塗炭の苦しみを味わっているのを目の当たりにしているのですね。アサヒビールだって、コク・キレビールが消費者に受け入れられなくて、さらに業績が悪化しないとも限りません。

しかし、コク・キレのアサヒ生ビールの発売はすでに決定されており、しかも、その発売日は刻一刻と迫っていました。

そこで、ぼくはどうしたかというと……。〝前例がない、だからやる〟。これはアサヒビール再建にあたって、ぼくがモットーにした言葉です。

過去を捨てて、前向きな姿勢で進んでいってほしい、前例のないことに挑んでほしいということを、ぼくはアサヒビールに入ってからずっと、全社員に対し、言ってきました。

〝前例がない〟というのは、一般的には、新しい意見やアイディアを封じ込めるときの決まり文句。前例がないからダメだ、やらない、ということです。官僚や企業の幹部のかなりの方たちは、この言葉を盛んに口にします。物事がまず順調に運んでいるときに、前例のない冒険をする必要はないというのですね。

まあ、順調にいっているのなら、いつまでその状態が続くかどうかは別にして、それはそれでいいでしょう。

しかし、これはアサヒビールにはまったく当てはまらない。アサヒビールのような、落ちるところまで落ちた企業には、〝前例のない〟アイディアこそが必要。今までにやったことのない試みをやらなければ、絶対に立ち直ることができないんですよ。

では、なぜ当時アサヒビールは売れないのか。もっとも大きな原因は、商品が古くて味が落ちていたことです。それならば、古くなった商品を捨てればいい。実に簡単なことです。しかし、この簡単なことを今まで誰もやったことがなかった。つまり、そんな前例がないからやらなかったわけですが、ぼくは前例がないからこそ、古い商品を捨てることを決断したのです。

その古い商品に代わるビールとして、不安はあるものの、〝コクがあるのにキレがあるアサヒ生ビール〟が生まれた。新発売にあたっては古いビールは捨ててしまおうとしたわけです。

ところが、ビール業界では新商品を発売しても、旧商品は在庫がなくなるまで売り続けるのですね。この新商品への切り替え時には、新商品と旧商品が市場に混在するのが当たり前なわけです。

ぼくはこれを聞いて驚きました。新商品を発売しておきながら、市場に残った旧商品も売っていくというやり方には納得がいかなかった。営業担当の役員や部長に、そのことを問いただすと、

「業界ではこのやり方が一般的。いつもこの方法でやっている」

「新商品の発売前に、市場の在庫は十分に絞っており、問題はない」

といった答えが返ってきました。

それでもやはり、新商品を発売して、ぜひ飲んでくださいと言っておきながら、他方で古いビールも飲んでくださいというやり方は、認めることができませんでした。そこで、ぼくは、

「販売店さんから旧ラベルのアサヒビールを全部回収しよう」

と提案しました。案の定、アサヒビールの経営会議では猛反対の大合唱です。

「ビールは酒販店の買取り制で返品はきかないことになっている。そんなことをすればイメージダウンになる」

「ビールは出荷時に四四％の酒税がかけられていて、問題がある」

「買い戻すとなると、かなりの経費がかかる。わが社にはそんな余裕はない」――

など、役員連中から、次から次へと反対の意見が出てくる。しかし、まさにこれこそ、〝前例がない。だからやる！〟んですよ。

結局、説得を繰り返して、ぼくの意見を押し通さしてもらった。旧ラベル品の回収に乗り出すことになりました。ところが、返ってくるわ、返ってくるわで、見込んでいた数量ははるかにオーバー。おまけに回収したビールの処理にも経費がかかり、全部あわせると、予想をはるかに超える十八億円もの経費がかかってしまいましたよ。

もちろん、そんなことがあっても、ぼくは〝前例がない〟ことをやり抜いたことに大きな満足感を覚えていました。

●廃棄物処理問題の困難を実感する〔中坊〕

回収したビールはいわゆる廃棄物。回収するのにもカネがかかるし、その処理にもカネがかかります。だから、ぼくが住民側の弁護団長として取り組んだ、香川県土庄町豊島《てしま》の産業廃棄物不法投棄のような困難な問題が起こるわけです。

豊島は瀬戸内海に浮かぶ小島の一つで、約十四平方キロの島半分が自然公園に指定されており、千五百人足らずの住民は、ほとんどが農漁業を営んでいます。

この島を住民たちは〝やすらぎの島〟と呼んできたのですが、ミミズの養殖場として県が許可した島の西端に、一九七〇年代の終わりから十数年間も、豊島総合観光開発という業者が、自動車の破砕クズをはじめ、化学汚泥や廃油、焼却灰などの廃棄物を不法に投棄し続けたんですよ。

その業者は一九九〇年に兵庫県警に廃棄物処理法違反で摘発され、倒産したため、廃棄物の撤去費用を負担できなくなり、その大部分は島に置き去りのままになった。現場から

は、基準値を上回る鉛やＰＣＢといった有害物質が検出されたため、島民は、

「こんな危ないゴミは、島の外に出してくれ！」

と、香川県に求めました。しかし、県は要求を受け入れてくれない。そこで島民が、

「何とかならないか」

と、ぼくのところに相談にきたわけですが、ぼくは依頼を引き受け、香川県や観光開発業者、さらに廃棄物を排出していた業者を相手取り、国の公害調停を申し立てました。県の対応のまずさが明らかになったり、調査費用二億数千万円が国の予備費から支出されて、現場の調査が実施されるなど、いろいろな経過を経るのですが、結局、

「豊島で廃棄物を焼却し、島外の管理処分場に埋める」

ということで決着を見ました。

アサヒビールの旧商品とぼくが担当した不法投棄のゴミとは、廃棄物といってもその内容が違いますが、廃棄物の処理というのは、非常に大変なことはよくわかります。

●コク・キレビールは好調だったが、次のステップへ〔樋口〕

旧ラベルのアサヒ生ビールは回収して処分しました。新しい商品を強くアピールするた

めに、古い商品は捨てたわけです。しかし、ただ捨てただけではダメです。それでは意味がない。

お客さまに、

「アサヒビールは古いビールを捨てた」

ということを知ってもらわなければ、アサヒビールのイメージは少しも変わらない。だから、そのことを機会があるごとに盛んに宣伝しました。

「今度のアサヒのビールは、新鮮で味がいい」

このことを、世間一般に広くアピールしただけで、営業マンはずいぶんと仕事がしやすくなったようです。

味とラベルを変えた新商品「アサヒ生ビール」が、〝コクがあるのにキレがある〟のキャッチフレーズで、大々的に発売されたのは、関東地区が昭和六十一年の二月十九日、関西地区が二月二十五日。今でもしっかり覚えています。当然のことですが、それまでに古いビールはすべて回収されました。

ぼくのところには、毎朝、出荷数が書かれた報告書が届くのですが、その報告書を見るのが怖かったですね。胃がキリキリ痛むような思いでした。

が、新商品の売れ行きは好調で、報告書の数字は毎日十万ケース単位で増え続けました。

昭和六十一年の年間ではビール市場全体の伸びが四％なのに、アサヒビールはその三倍の伸びの一二％。一〇％を割り込んでいたアサヒビールのシェアも、六十一年の年間シェアは一〇・四％まで回復しました。

といっても、一〇％そこそこのシェアといったレベルです。

六十一年の三月二十八日に村井さんの後を受けて、正式に社長に就任しましたが、まだまだやらなければならないことがたくさんありました。

その中でも大きな問題は、コク・キレビールの次の商品は何か、それを見つけ出すことです。

実はこの〝コク〟と〝キレ〟は、それまでは両立しないと信じられていましたから、それを実現させたことはすごいことなのです。ただ、これで安心してはいられない。

ぼくがそうしたアサヒビールの商品づくりで考えたことは、まず第一に、いいビールをつくるために原材料費を惜しまないということ、でした。

次に、他社のモノマネは絶対にしないで、常にオリジナリティの高いビールに挑戦すること。

三番目は、ビールはお客様の口に入るものだから、常に健康指向でなければならないこと。これは人にとって根本的なことです。

そして四番目は、常に新鮮でおいしいビールを提供すること。

この四つは、何がなんでも守り抜かねばならないとぼく自身が思い、社員にもずっと言い続けてきました。

新しいコク・キレのアサヒ生ビールは売り上げを伸ばし、従来のアサヒビールの沈滞イメージはなくなりつつありましたが、生ビールは既存の商品のジャンル。しかも、日本初の商品を出しても真似をされやすい業界ですから、油断はできません。

すでに他社からは同様の商品が出され始めており、競争はますます激化することが予想されました。

そのような状況のなかで、次の新しいビールの開発に向かっていくことになるわけです。

●押したら退いて、前に倒して勝つ！〔中坊〕

それが大ヒット商品のスーパードライですね。

そうした商品開発というのは、〝勢い〟というものが大事なのかもしれませんね。

何をやってもうまくいかない時があれば、逆に何をやってもうまくいく時がある。アサヒビールの場合は、うまくいくという勢いがありましたね。もちろん、大変な苦労や努力があったのでしょうが、勢いも商品開発や販売戦略などで勝った理由の一つでは？

ぼくの仕事の弁護士の場合は、戦いに勝つコツは、押したら退いて前に倒すこと。弁護士としての戦い方の一つのコツは、レスリングのように、相手を押し倒して背中を地面につけさせるようなことはしないことですね。そこまでやれば、必ず遺恨を残すことになる。ですから、押した後は、最後は予想外——、相手の押し倒されるという予想に反して、サアーッと退くんです。すると、真空状態ができて、相手方は前に倒れる。

相手を押して倒しても自分の勝ちですし、退いて相手が前に倒れても自分の勝ち。どちらも勝ちには違いないけれども、相手からすれば、押し倒されて負けるのと、退かれて前に倒れて負けるのではその感じ方が違います。

この戦いがどういう終わり方をするかを常に頭に入れて、押し倒して勝つのではなく、タイミングを狙って退いて勝ったほうがいいのですね。

以前、朝日新聞の碁の記事〝名人戦勝負・ファンはこう見る〟といったテーマの記事で、ぼくは、

「仕事も碁と同じで、相手を押し切っちゃいかん。押したら退いて、相手を反動で前に倒して勝つのや。後に恨みを残さんために」

と言っていますが、そう思うのですね。

●またまた「前例がない。だからやる！」〔樋口〕

なるほど、おもしろい考え方の勝ち方ですね。ぼくも個人的にはその勝ち方に共感できる面が多いですね。

コク・キレの生ビールで成功を見たものの、ビール業界の競争が激しくなる状況の中で、アサヒビールは業績を大きく伸ばすために既存のジャンルで争うのではなく、これまでにないビールの開発が必要でした。

そのビールの方向として、マーケティング部や生産プロジェクト部の若手社員から出た提案が、従来はワインや日本酒にしかなかった〝辛口〟という概念をビールのジャンルに導入することでした。これが、いわゆるドライビールです。

ビールは、麦芽に含まれる糖分を、ビール酵母がアルコールと炭酸ガスに分解する発酵という工程を経てできあがります。

ドライビールはこの発酵を通常のビールとは違った高発酵方式という方法をとる。それにより、糖分などがやや低めになる一方、アルコールと炭酸ガスが多くできます。

こうした作り方をしていくと、糖分が低くなり、アルコールと炭酸ガスの作用で、飲んだ時にサラッとした感じのする辛口で爽快感のある味になるわけです。

これを提案したマーケティング部、生産プロジェクト部などの若手の連中は、

「これこそ、オリジナリティの高いビールであり、ビールの消費者層の求める新しい味だ！」

と主張する。

一方、

「せっかく出したコク・キレ生ビールが売れているのに新しいビールなんてとんでもない！」

と反対する役員や古参の技術陣、特に当社の古くて堅い営業地盤の関西方面から、

「辛口のビールなんてこれまで見たこともないし、どこからも聞いたことがない。そんなものは前例がない。前例のないようなものは、ビール業界では成功しない。必ず失敗する！」

とこれまた、強硬に主張する。

「前例がないから、やらない。リスクがありすぎる」

と言う反対派に対し、提案側も負けてはいない。

「前例がないからこそ、チャレンジする価値がある。この辛口ビールこそ、現代のビール

通が真に求めているビールだ」

とやり返す。

ただし、この時点では現物がなかった。あるのは〝辛口のビール〟という概念だけ。提案側と現状維持派の論争でも、抽象的な意見が交わされるだけでした。

しかし、どちらにしろ、それをやるか、やらないかは、決めなければならない。

アサヒビールの経営会議では、辛口ビールの提案は二度にわたって否決されました。

いよいよ、ぼくが社長として、〝やるか、やらない〟かの決断を迫られた時、

「ビールについてよく知らない、素人が――」

と周囲からは思われたかもしれないが、今度も、

「前例がない。だからやる！」

というほうに賭けました。

「つくる前から、〝良い〟〝ダメだ〟といった抽象的な議論をいくら続けても仕方がない。とにかくつくってみよう。費用のことは心配しなくていい」

と、ゴーサインを出しました。

●不利でもやらなければならない事件も〔中坊〕

ぼくも、前例のないことをいろいろやってきました。前例のないことというのは、参考になる前例がないということです。

それをやろうとすれば、さまざまな障害が起こったりして、そこから生ずるストレスは少なくないですね。しかし、やりがいはありすぎるほどあります。

経営者の樋口さんが、前例のないことをやる、ということと似通った意味では、弁護士のぼくにとっては、〝たとえ不利でもやり過ごすわけにはいかない〟事件のケースがありますね。

やらずに過ごすわけにはいかない事件、ぼく以外にはやる人がいない事件かもしれないし、そういう意味では、たとえ不利であってもぼくがやらなければならないのですね。

●新商品「スーパードライ」は〝コロンブスの卵〟〔樋口〕

辛口のビール、「スーパードライ」の開発は、生産部門と営業部門が一体となって進められました。

具体的に、大体、どのように開発が進められたかというと、まず、営業部門が東京と大阪の五千人にのぼる消費者嗜好調査を実施し、市場や顧客の情報を集め、これを分析して商品コンセプトを開発する。そしてそれを生産部門に提案。生産部門は開発部隊を中心に商品コンセプトなどを技術用語に翻訳して、商品の開発設計図をつくり、いよいよ実際の商品開発に入っていくこととなります。

ぼくはこういったプロセス、商品開発をとおして、若い社員たちのやる気、チャレンジ精神を育てていきたいと思っていたのですが、なかなか簡単にそうはいかないものなのですね。

これまで、ビールの味づくりは、古参の技術者や研究員が中心になってやってきました。若い社員との間には組織における上下関係がありますから、せっかく若い社員がいろいろ苦労し、また、若いセンスで新しいビールの味を提案しても、上層部が自分たちの経験などで判断して、

「これはダメだ」

と言って開発を認めないと、そこでその若い社員のアイデアはストップしてしまう。もしかしたら、その開発は素晴らしいものだったかもしれず、そうであれば非常にもったいない話です。

そこでぼくは、技術担当の役員に、

「技術者というのは、だいたい何年くらいで一人前になるのか」

と聞いてみました。すると、

「大学を出て七年から八年くらいです」

と言うのですね。年齢からいえば、三十歳前後からということになります。

そういった若い人たちの開発に賭ける意欲や開発の芽をつぶさないようにするにはどうすればいいか。ぼくはいろいろ案をめぐらした末、商品開発に携わっている社員たちにこう宣言しました。

「新商品の開発については、入社八年以上の技術者なら、役員と同等の発言権があるとして一票とする」

だから、活気にあふれた若い人の意見をどんどん採用していくので、遠慮しないで、これだ、と思った商品開発にチャレンジしてほしい、というわけです。

同時に、社内のみの活動だけでなく、多くのお客様からビールの味に関する情報を集めて、それも重要な参考資料として、商品開発を進めていきました。

技術的な難関をいくつもクリアし、何度も試飲を繰り返す。一回、二回、三回、四回と試飲を続けるうちに、

「これはいける！」

「うまい！　これなら大丈夫だ」

といった答えが明確に出てきた。

そして、昭和六十二年、〝わが国初の辛口生ビール〟のキャッチフレーズで「アサヒスーパードライ」を新発売。すぐに人気は沸騰しました。

このスーパードライが市場に出た時、ビール業界の他社からは、

「あのビールのつくり方は、当社でもわかっていた」

という声も聞こえました。

そのとおりなんですよ。しかし、理論上のつくり方はわかっていたとしても、実際につくって売らなければ、何の意味もない。まさにスーパードライは〝コロンブスの卵〟だったわけですね。

営業部門と生産部門が一体となり、協力しあってスーパードライを開発したことは、特に営業部門の若手社員に大きなインパクトを与えたようです。

というのは、これまでの商品開発は、技術・生産部門が新しい技術などをもとに商品を開発し、営業部門はこれを売るだけ。ところが、今回のスーパードライの開発では、スタートから営業部門が参加しました。

自分たちの意見や顧客情報を新商品開発に反映させ、新商品開発の技術的な面も、自分

の目で見てきた。このことは、営業部門の社員の新商品に対する大きな自信や販売の励みとなり、それが市場での営業担当者の販促活動を、自信にあふれたより活発なものにしていきました。

●理念先行型の経営者が成功する！〔中坊〕

樋口さんの「前例がない。だからやる！」という言葉で思ったのは、経営者には〝着手先行型〟と〝理念先行型〟との二つのタイプがあるということです。

着手先行型は、

「みんなの意見をまとめるとこうなるから、とりあえず着手する」

というタイプ。そして、理念先行型は、

「まず理念を定め、あくまでもそれに向かって進んでいく」

というタイプです。

樋口さんは「前例がない。だからやる！」などの理念で進んでいる〝理念先行型〟ということになります。

それで、いくつかの会社で成功している人の話を聞くと、この二つのタイプの経営者のうち、勝ち残っているのは理念先行型なのですね。その理念をめぐって社員とあつれきなどが生ずることが少なくないのですが、結局、このタイプが勝ち残っています。

一方、着手先行型は、その場その場では、周囲の人たちから、

「現実的で、話がわかる社長だ」

と好意的に言われるかもしれませんが、大綱を見失って、結局は失敗するケースが多いようですね。

●〝やればできる〟と信じれば〝できる！〟〔樋口〕

当時のビール業界では、新商品は発売初年度に百万ケースも売れればヒット商品と言われました。

ところが、スーパードライは売れに売れ、その十三・五倍の千三百五十万ケースを売ったのですよ。

このスーパードライを売り出す時には、宣伝でも〝前例のないやり方〟にこだわった。〝アサヒスーパードライ号〟と名付けた全長六十メートルの巨大な飛行船を使って、空か

ら宣伝したのです。

この飛行船をつくる時に、ぼくは製作担当者に頼みました。

「一メートルでもいいから、世界一大きいもの、そして出来れば夜間も飛べて光による宣伝が出来るものにしてほしい」――と。

どうせ、つくるのなら、世界一の飛行船をつくりたい。とにかく、世界で誰もやっていないことをやりたかったのです。

飛行船によるスーパードライの宣伝は、けっこう話題になりましたよね。消費者に大々的に新商品をアピールできました。

それればかりじゃなく、アサヒビールの社員にとっても大きな意味があったと思います。それは、あの巨大な飛行船が悠然と空を飛んでいるのを見上げて、社員たちは、

「自分たちは、世界に前例のないでっかい仕事をやり遂げたんだ！」

という実感が得られたのじゃないか。また、それをやり遂げた会社に誇りを感じたのではないでしょうかね。

どちらにしろ、他人の真似をしているだけでは、〝やり遂げた〟という感動を味わうことはできない。

〝おカネを稼ぐためにだけ働いている〟と割り切っているならともかく、自分たちのた

めになる何かをしたいという気持ちがあるのなら、オリジナルな意識が不可欠。自分で何かを創り出すという気持ちを持つことが大事ですね。

真似といえば、スーパードライを発売した翌年の昭和六十三年、業界各社がこぞってドライビールを発売してきました。

まあ、それはいいとしても、その新発売されるドライビールのデザインはというと、アサヒビールの大ヒット商品の「スーパードライ」と見間違うようなよく似たデザインなのですよ。

かつて、アサヒビールは業界に先駆けて画期的な商品を開発・発売してきましたが、その創業者利潤を手にすることができなかった。それは、すぐに他社に類似の商品を出されたことも大きく影響しているはずです。

そう感じたぼくは、スーパードライでは、主張すべきことは主張していく、毅然たる態度でこの問題に対処していくこととし、各社にデザインの改善を求めました。

そんな話し合いのなかで、いわゆる大人の解決を図っていったのですが、その途中でマスコミの知るところとなった。〝ドライ戦争〟などといわれて、新聞や週刊誌を賑わしましたね。結果として、これが良かったのかもしれません。

この年、六十三年のドライビールは一大ブームになって、四社合わせて一億五千万ケースを販売。全ビールの三四％を占めるほどに急成長しました。

そのなかでスーパードライの販売数は七千五百万ケースでドライビール市場の五〇％のシェア。アサヒビールの歴史上、初めて創業者利益を手にすることができました。

ともあれ、スーパードライの成功は、社員の大きな自信につながりました。かつての沈滞した社内のムードはウソのようになくなりました。

「自分たちだって、やればできる」

という声が、社員の自信を代表していますが、これで、上位メーカーとも十分に闘っていけるようになったのです。

ぼくは昭和六十一年、どん底時代のアサヒビールに移ってきましたが、その時に、

「語る夢は大きければ大きいほどいい」

ということから、社員に、

「十五年で日本一のビールメーカーになろう」

と話しました。当時は会社が存続できるかどうかという瀬戸際の状態。トップのキリンビールさんに追いつき追い越すなんてことは、社員はもちろん、そうでない一般の人たちも、百年たってもできないこと、と思ったのじゃないですかね。

ぼく自身は、本気でしたよ。〝やればできる〟。そう信じさえすれば、アサヒビールの再

建も、これほどやりがいのある仕事はない。それに、夢や目標だって、すぐに達成できそうなものを掲げたのでは、落ち込んだ会社を根本から生まれ変わらせることはできませんから。

現在、発泡酒などを除いた〝ビール〟では〝日本一〟という夢は実現。これも、前例のない辛口ビール、スーパードライの開発によるものです。

前例がないために起こる困難を、一つ一つ乗り越えていくのは、本当に楽しいことです。前例にないことを成功させた時ほど楽しい瞬間はないのものです。

それをやって楽しい思いをしたからこそ、現在のアサヒビールがある。別にアサヒビールでなくても、あるいは会社でなくて個人でもいいわけで、〝前例のないこと〟〝人のやらないこと〟に挑戦して、あきらめずに続けていけば、いつかは必ず報われる日がくるものですよ。

その後、ぼくは平成四年九月に代表取締役会長に就任、十一年一月からは取締役相談役・名誉会長に就任し、三月から取締役も辞任しました。いよいよ日本も〝いい時代〟になってきた、と思っています。こんなことを言うと、

「えっ!経済がこんなに悪い状態の時に、何を寝ぼけたこと言うか」

と思う人が大半でしょう。

たしかに経済状況を見れば、今は〝悪い時代〟です。しかし、時代がいいか、悪いかを決める要素は経済状況だけではない。

〝逆境こそ、大きなチャンスをはらんでいる〟が持論、信念のぼくにとっては、今は、誰もが何事にも前向きにトライできる可能性を秘めた時代、つまり、世の中が〝チャンス〟に満ちた時代です。別の意味で〝いい時代だ！〟と思うのですよ。

●住専七社と住宅金融債権管理機構〔中坊〕

かつてのアサヒビールを考えると、今のアサヒビールの勢いは信じられないほど。もちろん、多くの人たちの協力や尽力があったからでしょうが、それを樋口さんは再建なされました。

その樋口さんにとってのアサヒビールというのは、取りまく状況や条件、やったことの内容はまったく違いますが、ぼくにとっては社長を務めた「住宅金融債権管理機構」だと思うのですね。

住宅金融債権管理機構とは、倒産した住専（住宅金融専門会社）七社の債権を回収するために、平成八年七月に発足した国策会社です。

住専は、個人向けの住宅ローンの専門会社として発足したのですが、のちに母体行——、親会社の銀行が、より安い金利でそこに参入してきたために立ちいかなくなり、多額の不良債権を抱えて破綻しました。

乱脈融資による回収不能債権は六兆四千億円。母体行や農林系金融機関は住専に対する債権を放棄しましたが、この一次損失の処理には約七千億円の公的資金、つまり国民一人当たり五千数百円の税金も投入されました。

ここで、銀行が批判されるのは、こういうことをやったからです。

それは、たとえばある銀行が不動産会社に融資をする。ところが、その会社が経営難に陥り、債権の回収がむずかしくなった。そこで銀行は、行員が出向している住専に、その会社に新規の融資をさせる。そのカネがすべて不動産会社から銀行の返済に回される。まもなくして、不動産会社は倒産。結局、住専は不動産会社に融資したカネは回収できず、その損害をこうむることになる。つまり、銀行の犠牲になったわけです。

こんなケースが限りなくあり、銀行批判が高まっていきましたね。

しかし、この住専問題とはしょせんは住専七社の倒産であり、その後始末をどうするかということ。住専七社の倒産の責任を負わなければならないのは、七社の経営者、七社を設立し経営者を送り出していた金融機関、さらにこれを指導・監督してきた大蔵省。一般の国民は住専の倒産にはまったく関係がない。にも関わらず、損失の一部を国民一般の税金であがないました。

破綻した住専七社が抱えていた一次損失処理分を除く、六兆数千億円という債権回収のために設立された住管機構（住宅金融債権管理機構）の社長に任命されたぼくは、できるだけ多く債権を回収して、国民にこれ以上の負担をかけてはならない、という思いで困難な債権回収を社員の先頭に立って始めたわけです。

住宅金融債権管理機構という名前は長すぎるので、ぼくは大蔵省に、

「わかりやすくするために、住専処理会社でいいんじゃないですか」

と言ったら、

「住専という名前の評判が、ものすごく悪いので使わないほうがいい」

と言われて納得しました。

●中坊さんなら、引き受けてくれる！〔樋口〕

回収が困難な莫大な不良債権を抱えて倒産した住専のバブルの後始末、住専処理を誰も引き受けてくれなかったのですよ。ぼくは、大蔵省関係の財政制度審議会や金融制度調査

会の委員をやっていましたが、本当に困ったことだと思いました。大蔵省関係者は経団連の副会長経験者の名をあげてお見えになったのですが誰も返事をしてくれません。が、その時、中坊さんのことが、ふっと頭に浮かんだのですね。日本弁護士連合会の会長をなさったこともあるし、有能な弁護士活動や、また、正義感が強いことで多くの国民にも知られている。必ず、

「やりましょう」

と快く引き受けてくれると思い日本弁護士会を通して推薦しました。実際に引き受けてくれて、大変に感謝しています。やっぱり、正義感の強い、勇気のある男の中の男でした。それに、中坊さん自身は当時知らなかったでしょうが、ぼくと中坊さんは縁戚同士。何となく、ずっと親しみのようなものを感じていたのですよ。

●住管機構の社長を引き受けた理由〔中坊〕

「そんな住管機構みたいな会社の社長を引き受けるのには、ずいぶん悩んだのではないですか」

とよく聞かれるが、ぼくは、

「ふたつ返事で引き受けました」

と答えています。実際にそうなのですよ。

住管機構の社長就任の打診のために、この会社が誕生する一カ月ほど前に、日本弁護士連合会の執行部が、大阪のぼくの事務所に来たとき、ぼくは、

「よし、やります」

と誰にも相談せずに即答しました。

理由は二つあります。一つは、

「司法は住専問題の責任をとらなければならない」

という意識がずっとあったことです。

住専という金融機関が、不良債権で倒産。法が裁く問題なのに、司法はその役割を果たすどころか、最初から最後まで政治と行政が密室の中で仕切っていくのを、ただじっと見ているだけ。国民の理解を得ぬまま、不透明な決着がつけられようとしているのに、〝公正と透明〟が理念であるはずの司法は、何も発言しませんでした。まったく、何もやっていない。ふがいないばかりでした。

そこで、せめて債権回収の現場では司法の〝公正と透明〟の理念を生かしたい、と考えたわけです。

もう一つ、社長を引き受けたのはぼくの個人的な理由です。日弁連会長を務めた二年間、ぼくはいろいろな司法改革を唱え、その一環として裁判官不足を補うために〝弁護士任官〟に力を入れました。

これは弁護士が裁判官や検事に転身する制度のこと。当時から四十人以上の弁護士が裁判官、検事になっています。

ぼくは、転身していく若い弁護士たちに、

「行ってこい、がんばれ!」

と手を振りながら、少々心苦しい気がしていました。

弁護の依頼を断ってまでして、若い弁護士たちは裁判官や検事という未知の世界へ飛び込んでいったのに、任官をけしかけた張本人であるぼくは、彼らと一緒に飛び立つことはできない。それが残念であり申し訳なかった。

そんなぼくのところにやっと罪滅ぼしの機会がめぐってきたのが、住管機構の社長就任の依頼。この会社はわが国で初めての回収専門の民間会社であり、今度は自ら未知の世界に飛び立てる。若い弁護士たちを弁護士任官で送り出した責任が果たせます。

仕事は大変かもしれないが、ぼくにとってこの話は絶対に逃してはならないと思い、社長を引き受けました。

●国民みんなが期待した中坊さんの登場！〔樋口〕

中坊さんがそんな困難な役目を引き受けてくれて良かったと思ったのは政財界の人間ばかりではない。国民もみんな安心しましたね。

森永砒素ミルク事件の被害者弁護団長や豊田商事の破産管財人、また、日弁連の会長などでの活躍を見て、

「中坊さんなら、やってくれる。国民が納得がいくことをやってくれる」

と、みんなそう思ったのですね。実際は、中坊さんしか適任者はいなかったのかもしれない。

もっとも、非常にむずかしい仕事であるうえに、期待が大きく、それだけにいろいろ大変だったと思いますよ。

●住管機構の社員を勇気づけたいと、送った手紙〔中坊〕

問題は住管の社員が、どこまでぼくについてきてくれるか、ということでした。

この会社はもともと組織としての欠陥を抱えている。

千百人の社員のうち大多数の八百人が旧住専の出身者。次に多いのが金融機関からの出向者でした。住管機構というのは、住専問題の原因となっていて責任がある金融機関とケンカするかもしれない会社であるのに、そのケンカ相手の金融機関から社員をいただいているわけです。

社員はこの会社のためにがんばれば、出身の銀行とは敵対します。

また、旧住専の社員は全員、自分の会社の倒産を経験。いったんは母体行の銀行に引き取られ、あらためて住管機構に派遣されてきました。

いわば傷ついた人たちばかり。その胸中を察すると、どんなに苦しかったかと思いますね。

そういう社員に何とかして自信を持たせ、勇気づけ、彼らを見る世間の目も変えさせたいと思い、会社がスタートした平成八年十月に、社員全員に手紙を書いて送っています。それはぼくの率直な気持ちですし、会社が目指すことや概要がわかりますので、手元にあるその手紙を読み上げてみます。

「私はさる七月二十六日、新しく設立された株式会社住宅金融債権管理機構という恐ろしく長い名前の会社の社長です。

まず、住専七社から来ていただいた方々に申し上げたいと思います。住専七社は実質的に倒産しました。しかも、その後始末に国民の税金を使ったことからたいへんな世間の非難を浴び、各社は八月三十一日をもって解散しました。住専にお勤めの皆様はどれ程か苦しかったでしょう。悲しかったでしょう。お気持ちは痛いほど分かります。私も弁護士として四十年、数多くの倒産会社の整理などにも関係してきただけに、その実感を肌身で分かるのです。

しかし、ご安心ください。当社は資本金二千億円の株式会社ですが、全額を国が出資し配当を要しないという特殊な国策会社なのです。この会社に倒産という事態は全くありません。さらにこの会社の唯一の目的は、旧住専七社の資産を回収して第二次ロスを発生させず、別の言い方をすれば新しい国民の負担を生じさせないところにあります。

私たちがこの会社の目的を達成して、誰よりも喜び祝福してくれるのは、すべての国民です。住専七社の場合は、それぞれの民間会社の利益追求のために会社は存在していましたが、当社の皆様に頑張って頂ければ、国民の新しい税金負担がなくなり、すべての国民に喜ばれるのです。

地価の下落が続くなかでは、第二次ロスを発生させ、新しい国民負担を強いることは必至だというのが世評です。しかし、いずれその都度明らかにしていきますが、経済状況が悪化しても国民に負担をかけないことは不可能ではないと思っています。

あらゆる局面における社員の皆様の努力があれば、当社の目的の実現は可能です。旧住専から来られた皆様方は、これから人に問われたら『当社は国民の皆様に新しい負担をかけないために働いている会社です』と胸を張って答えて下さい。旧住専以外から来て頂いた方々も、当社はこんな会社だ、ということを知って下さい。世間の危惧を跳ね飛ばして、当社の面目を世に知らしめようではありませんか。

私はすでにワンマン社長と呼ばれ、必ずしも人格者ではありません。しかし当社本来の目的実現のために何もかも投げ捨てて、この目的実現のためにのみ全力を尽くします。私がこの新しい職場に全力を投入するのは、六十七歳になった現在、自分の人生の最后を私なりに完結したい、というためです。この意味で私は、何より立派な『死に場所を得た』と喜んでいます。当社の目的達成のためにはどんな力にも負けず、努力することをお誓いします。

どうか新しく入社して頂いた皆様と、ご家族の皆様、ともに手を携えて頑張りましょう。皆様とご家族の皆様のご健勝を心からお祈りしています」

●社員は、どちらを選ぶか？〔樋口〕

ぼくの古巣の住友銀行からもかなりの人数が、住管機構に行きましたね。やはり、自分は住管機構に来ているのだから、そこを中心に考えて働くか、あるいは、いずれは銀行に戻るのだから、ほどほどにしておくか、と迷ったりして、社員は複雑な心境でしたでしょう。

中坊さんは、社員が住管機構と古巣の銀行との板バサミになってしまうような状況について、どのように対処しましたか。むずかしいところですね。

●社員を二律背反に追い込まない〔中坊〕

まず第一に、ぼくは社員を二律背反に追い込んではならないと思いました。二律背反を負うのなら、ぼくが負うのであって、部下に負わしてはいけない。

だから、ぼくは銀行の責任を追及する時には、その銀行に関係のある社員は全員、そうした担当から外しています。

さらに、自分の出身行、仮にその銀行が住友銀行だとすると、他の銀行の場合でも、

「キミの出身の住友銀行でないのだから、担当しなさい」

とは言わなかったですね。住友銀行ではなくても、銀行には違いはないのですから。そういう場合でも、やはり、社員は二律背反に陥るでしょう。

二律背反になるようなケースは、ぼくが引き受ける。そういうことは、ぼくが自分で克服します。

しかし、自分が二律背反になるようなことをやるから、部下もやれとは言わない。部下にそういうことをやらせたら、かわいそうです。

部下というのは、上からの命令に逆らえないものでしょう。一般の世の中では、そのために泣いている部下は多い。ぼくは部下を泣かせてはならないと思っていました。

ともあれ、銀行に対する責任追及の問題については、いろいろ考えさせられましたし、苦労もしましたね。

また、回収にあたっては、回収を妨害する暴力とは徹頭徹尾戦うこととしました。闇の世界はあぶりださなければならない。

暴力団が不法占拠する物件は保全処分を申し立て、悪質な妨害行為には刑事告発で対抗しました。

住管機構は設立から一年間で暴力団を十件以上、刑事告発をしました。こうした汚いヤツらとは手を結ばないという姿勢も、司法の公正さにのっとったことです。

社員には、

「回収には強気でいきなさい」

と言いました。相手が相手ですから、弱気では回収はできません。

また、

「暴力を恐れてはダメだ。キミたちは国民から委託されて取り立てをしているのだ。だから、プライドを持って仕事をしなさい」

とも言いました。

自分の仕事にプライドを持つことが、悪に対抗する一番の武器であり、悪と戦うエネルギーになるのですよ。

一方では、暴力に対する個人個人や会社のセキュリティーには万全を尽くしましたね。

●見事な処理と立派な引き際〔樋口〕

社員の働かせ方に、中坊さんの特徴がよく表れています。心憎いまでに社員を思いやる一方、仕事に対する厳しさがある。

中坊さんは、旧住専の問題では、住管機構という困難な会社の社長として、誰にもできない見事な処理をやりました。そこから住管機構と整理回収銀行が合併してできた整理回収機構の社長に就任。しかも、いい後継者を選んで、七十歳になったのを機に、すっと辞めた。これは立派だったと思います。

●合併で生まれた整理回収機構の社長に就任。そして——〔中坊〕

ぼくは、住管機構の社長時代、給料をいっさいもらいませんでした。社長になる時、大蔵省の人に二千五百万円の年俸を示されましたが、

「辞退したい」

とお願いし、了承してもらいました。

「無理して恰好をつけるな！」

と言う人もいましたが、ぼくはただ単に一人の弁護士として意地を張りたかっただけです。

弁護士に頼むと、大きなカネがかかるとか、ビジネスライクな弁護士が多いというイメージがあるなかで、

「割に合わなくても、ちゃんと仕事をする弁護士もいる」

というこことをアピールしておきたかったのですね。それに、給料を受け取らないことで、大蔵省に対して、

「いつ社長をクビになってもかまわない」

という決意を示すことになりますから。

住管機構は発足してから二年八カ月、旧住専七社の債権を引き継いで回収し、予想以上の成果を上げました。累計回収額は一兆五千億円を超え、これは回収すべき金額の約三八％にあたります。旧住専問題の関与者責任追及についても、国民からケジメがついたと評価していただける程度に解決できました。

そして、平成十一年四月一日、新しく「整理回収機構」として生まれ変わることになりました。

この整理回収機構は、国――、預金保険機構が全額出資する株式会社です。わが国の金融機関の不良債権処理を一手に引き受け、金融不安解消の切り札となることの期待をもって発足しました。

整理回収機構は、平成十年秋の国会で話し合われた金融再生関連法案に従って、破綻した信用組合や銀行の債権回収を進めてきたもう一つの国策会社の整理回収銀行と、住管機構が合併したもの。住管機構が存続会社となって整理回収銀行を吸収合併するという形に

なっています。合併の結果、ぼくが住管機構の最初で最後の社長になり、整理回収機構の最初の社長に就任しました。

仕事の対象も量もいちだんと増え、現場の実行部隊であるわれわれの責任が重くなったのは言うまでもありません。

実は、合併した住管機構と整理回収銀行は同じ国策会社といっても、組織の性格がまるっきり違います。

たとえば、役員の構成では、住管機構は常務以上の役員九人のうち、ぼくを含めて弁護士が四人、大蔵省から二人、銀行から二人、検察から一人という構成になっていました。それに対して整理回収銀行の水野繁社長は元国税庁長官で、そのほか常務以上の九人の役員は、大蔵省出身四人、日銀出身三人、民間二人から構成。つまり、〝民主導〟の住管機構に対して、整理回収銀行は明らかに〝官主導〟だったのですね。

今の世の中、権力を持つ〝官〟が〝民〟を吸収することはあっても、その逆はほとんどない。整理回収機構は、民の住管機構が官の整理回収銀行を呑んだ非常に珍しいケースといえます。

もっとも、整理回収銀行の回収実績は住管機構の十分の一ほど。社員一人あたりの管理債権簿価にすると、整理回収銀行の社員の十億円に対して、住管機構の社員は三十二億円で、住管機構のほうが整理回収銀行を吸収合併すると国会で決まったのも、つまりは、それだけ両社の実績に差があったからなのですね。

もちろん、この異例な合併で整理回収機構が生まれるまでには、大蔵省の抵抗などがあって、なかなか具体化しないなどさまざまな不協和音、問題が出ました。

平成十一年四月から、住管機構と整理回収銀行が合併して誕生した整理回収機構の社長に就任したぼくは、同年の八月に社長を退任。激務の三年間を終えました。もう七十歳になりましたしね。

「まだまだ現役でやれるのでは？」

と言う人もいましたが、ぼくは住管機構の社長としてあっちこっちで、ケンカしてきましたから、ある意味では、早く辞めないといけないと思っていました。

ぼくが社長を辞めると言った時、社員以外でぼくを慰留する人は思いのほか少なかったですね。大蔵省の人たちの反応も、

「まあ、しょうがないですね」

と、引き止める素振りはなく、淡々としたものでした。

もっとも、社長は辞めても整理回収機構の顧問弁護士になって、その職務の範囲内で協力しています。この仕事に関しては、ぼくは弁護士として飯を食っているわけですから、

顧問弁護士の報酬はちゃんともらっていますよ。

第Ⅳ章 逆境だから、「よし、やろう！」

●ぼくの頭には〝逃げる〟という言葉はない！〔樋口〕

景気に多少の明るさが見えてきたとはいえ、失業率は高いし、まだまだというのが実感ですね。

しかし、こんな時代だからこそ、やりがいがあるのではないですか。ぼくのモットーは〝逆境こそ、チャンス〟。その意味は、逆境は悪い部分ばかりなので、失敗を恐れず何事にも果敢にチャレンジできる。だから、逆境にはチャンスがごろごろ転がっているということです。

順境というのは、いわば〝ぬるま湯〟なので、そこに飛び込んでも大した刺激は得られないけれど、逆境のほうはものすごく刺激に満ちています。やるべきことが山のようにある。これほどやりがいのある環境はないんですよ。

苦しいから逃げるというのは、ぼくにはわからないんですね。逃げるんじゃなくて、それがイヤだったら、自分に合わないし世の中のためにならないと思ったら、やめればいい。やめることはあっても、逃げることはない。つまり、逃げるというのは、ある程度やらなきゃいけないと思いながら、意気地がないからとか、世間体やいろいろなことを慮るから逃げるということになる。

ぼくの頭には逃げるという言葉はないんですよ。そこがダメなら別の方法、違った道で解決の方法があるかないかを見ようとするけれども、逃げるという感覚はない。

どうですか、中坊さんは？

●ぼく自身は逃げようとする気持ちも――〔中坊〕

ぼくは率直なところ、樋口さんみたいに強くないんでね。

まあ、子どもの頃、〝窮鼠猫を嚙む〟ということはありました。ケンカをしますね、そうすると、腕力は全然弱いし、運動神経は悪いし、必ず負けたんですよ。ところが、最後は必ず勝つ。どうして勝つかというと、禁じ手を使うのです。最後は相手にかみつくんですよ。歯は最大の刃物。かみついたらもう離さない。離したら、やられてしまうから。

たいがいのものは歯で食い破っていく。皮膚も破ってしまいます。口の中が相手の血でいっぱいになるんですよ。

かんでかんで、最後の決め手が血を飲むということ。今もそういうところがあるかもしれませんが、本当に何をしでかすかわからないところがありました。お袋にはさんざん叱られましたが——。

もっとも、これは決して余裕をもってかみついていたわけではなく、窮鼠が猫を噛んでいただけ。そういう意味では、樋口さんのように、最初から強くできていないし、むしろ、逃げようと思うこともしばしばですね。

ぼく自身は逃げようとする気持ちをバッと抑えて立ち向かっていこうという力が、必ずしも強いとは思えない。

逆に消極的に物事を見たり考えたり、より悪く物事が進むのじゃないかというふうに思うことも多い。人よりもひょっとしたら、そういう感覚が強すぎる、不安現象が強いのではないかと考えることもありますね。

●弱点をさらけだせる強さ〔樋口〕

中坊さんの場合、それが真の弱点なのかどうかはわかりませんが、それを素直にさらけだせるのは、中坊さんが弱いからではありませんね。

ぼくがよく引き合いに出す松下電器産業の創設者・松下幸之助翁は、見事に弱点をさらけだせる人でした。ご一緒にエレベータの仕事をさしていただいた時、三カ月ほどほとんど毎日お目にかかっていましたが、担当の人からの報告に対して、

「ワシは皆もよく知っているように小学校しか出ていないから、難しいことはわからない。もっとわかりやすく言ってくれ」

と平気で言っておられました。自分の弱点を正直に見つめる気持ちを持っていたのですね。その弱点を知っているからこそ、それを克服しようとされた。

中坊さんのこれまでをみると、決して逃げてはいない。住管機構の社長の時だって、さぞかし大変だったと思うけれど、逃げるどころか、最後の最後まで徹底的に戦っていますよ。

●死んで元々、やれるだけのことはやる！〔中坊〕

ぼくは人よりも不安の気持ちが強いんではないかと思うのだけど、同時に何というか、もう自分には何もないじゃないか、いずれにしろなくなってしまう、というようにすぐとっととっとと全部悪いほうへ悪いほうへと考えていくんです。

まあ、どこかまでいけば地位も失うだろう、あれもなくすだろう、これもなくすだろう、

ああなるだろう、こうなるだろうというように悪いほうへ悪いほうへともっていく。そして、最後はどんな話になっても、死ぬという話になるんですよ。

いったん物事を考え出すと、ずっと全部悪い悪いほうへと考えていく。それで最後は死ぬというところに行き着くわけです。

だったら、死んでもともと。どうせいずれは死ぬのだから、それなら、まあ、やれるだけのことはやろうじゃないかと思うのです。

住管機構の時は、こう考えました。

仮に社長になったけど、回収はうまくいかなくなるだろう、そしたら人から批判されるだろう、いろいろあれやこれやと怒られるだろう。

じゃー、結局、とどのつまりはどうなるか。すーすーと勘定していくと、最後は死ぬしかしゃーないな――、こうなるわけですよ。

それで、どうせ死ぬのだったら、最後ぐらいは周囲から集中砲火を浴びて死ぬのも一つの死に方だなあ、と思った。これはこれで仕方がないなあと思ったんですね。

「オレは今まで幸せだったことがたくさんあったのだから、まあ、最後はこれで仕方がないな」

と思うと、自分自身納得がいく。

●死は避けられないから、充実して生きる！〔樋口〕

そう思ったから、かえってあんなにがんばれたのですね。

ぼくも死についていろいろ考えますよ。

死というのは誰も避けることはできない。だからこそ、ぼくは充実した人生を送りたいと思うのです。表現の方法は違っているけれど、言っていることの中身は中坊さんと同じですね。

ぼくのような実業人で言うと、充実した人生とは、世の中の動きをよく見て、社会に対して何らかの有意義な仕事を成し遂げることでしょう。

有意義な仕事をしているという実感を持つことこそが、最高の幸福であり、実業人としてのふさわしい〝死への準備〟だと思いますね。

結局、〝死〟というのは、人間がより良く生きるためにあるものじゃないですか。〝死に支度〟なんていうと、ついつい暗く考えてしまいますが、暗くなる必要はない。つまり、〝死への準備〟というのは、毎日毎日の生きる形にあるのではないかと思いますね。

まあ、人生は常に順風満帆というわけにはいかない。嬉しいこともあるけれど、苦しい

 こともある。苦しい道のりを誰の助けもなく、進んでいかなければならないこともあります。時には苦しくて苦しくて、死にたいと思うこともあるでしょう。

しかし、苦しい時こそかえって気持ちを明るく持つべきなんですよね。気持ちを暗くすると、ますます落ち込んでしまう。

逆に気持ちを明るく持てば、友人にも寄ってきてもらえるし、運も向いてくるもの。自分の心のダイナモ、発電機を回し続けて明るく生きていけば、そのエネルギーが運を切り開いてくれるんですよ。

●どんなに悪くても〝死〟、それなら生きろ！〔中坊〕

ぼくは樋口さんと違って、何でもずっとずっと悪いほうへ悪いほうへと考える。自分でも何でこう次から次へと悪いことを考えるのかと思うほど、良いほうには考えないで、全部悪いほうへもっていく。

しかし、どんなに悪いほうへ悪いほうへと考えていっても、人間というのはホントに大したもので、・結局は死ぬということで大体落ちつくんですよ。

「もう死んでしまえばいい」

とか、

「首をつればいい」

とか、そこまで行き着く。

そうすると、その時点において、どうせ首をつって死ぬのだったら、どんなにかっこうが悪い生きかたであれ、とにもかくにも生きていることと似たようなもの。それなら、死ぬことはないし、生きて何かをやって、それがダメでもともとじゃないか。ぼくはそんな発想になるんですよ。

●「オイアクマ」――樋口流の受けとめ方〔樋口〕

中坊さんが言われるように、人間にはいつか必ず終わりの時がくる。だから、自分から進んで死ぬことはないですよね。

それで、ぼくはその終わりの様相をいろいろ頭に描いてやっていけば、欲もなくなって、人間として純粋というか、きれいになっていくと思うんですよ。

また、そういう人こそ、人生において成功するのじゃないですか。欲得でガツガツ生きている人よりも、成功する確率ははるかに高いと思いますね。

ちょっと堅い話になるけど、日本人には人生に対する無常観というものが根本にありますが、ぼくはそれには二種類あると思うわけ。一つは、詠嘆的な無常観で、いわゆる厭世思想です。

そしてもう一つは、いわば〝明るい無常観〟とでもいうべき思想。我執を離れて精一杯に生き、自由にモノを考えよう、この世ははかないものかもしれないけれど、だからこそ、一瞬一瞬を大事にしようという発想です。

ぼく自身は後者の発想のほうに共感を覚えますし、そのように生きているつもり。明るい死生観をもって、明るくアクティブに生きていきたいと思っていますね。

大恩人でもあり師匠である、元住友銀行頭取の堀田庄三さんが、人生訓的な言葉として「オイアクマ」ということを言ったり、書いたりしています。

「オイアクマ」の「オ」というのは、「怒るな」のオ、「イ」は「威張るな」のイ、「ア」というのは、「焦るな」のア、「ク」は「腐るな」のク、そして「マ」は「負けるな」のマですが、これを一つ一つぼくにあてはめて、みていくと――。

「怒るな」というのは、忍耐するということですね。昔の諺に「一忍百事を成し、一怒万事を失う」というのがあります。ただし、ぼくにはしっくりこない。ぼくは必要な時には怒ろうと思う。ぼくはよく怒りますよ。それは怒られる相手のためだと思ってのことです。

それから「威張るな」。これはそのとおり。絶対に威張ってはいけない。ぼくはこのことは守りたい。また守ることができると思います。おじぎをする時でも、いつもよりもう五センチ低く頭を下げてみる。それだけでずいぶん違ってくるんです。実際に、威張っていたら、入ってくるべき情報も入ってこないんですよ。いろいろな面で損をします。

次に「焦るな」。これもやっぱり大事なことですね。焦ったって、いい結果は生まれない。というより、悪い結果を生み出すもとになります。

「腐るな」もそうです。そりゃー、世の中には、腐る材料には事欠きませんよ。いちいち腐っていたら、身が持たない。その腐るようなコトを発奮材料にしてがんばっていくべきです。

そして最後の「負けるな」という言葉。本当に自分に負けたら終わりなんだと思ってしまう。自分に負けたら、自分は終わり。当然のことでしょう。

ぼくは中坊さんみたいに頭がよくないから、先が読めない。だから、ともかく、負けちゃいけないということが先行するんですね。負けちゃいけない、負けるもんか。何か問題などが起こると、まず、そう思ってしまうんですよ。

この「負けない」という意味には、自分自身に負けないということと、相手に対抗して張り合って負けないという向こう意気の意味があるけれど、「負けるな」というのはどちらの意味でも負けるな、です。しかし、もし、相手に負けたとしても、自分らしさを発揮していれば、自信を得るなど相応の収穫はあると思いますけどもね。

「オイアクマ」というそれぞれの言葉、ぼくの受けとめ方は、他の人たちにも十分にあてはまるのではないでしょうか。

何事においても、最初に、それがいいか悪いかを見極めることが大事。まず、世の中のためになるかどうか、自分にとっていいことかどうかを考えるわけです。

それでやるとなったら、もしかすると死ぬこともあるかもわからないが、死ぬ間際になって後悔しないようなら、やればいい。しかし、後悔するようだったらやめたほうがましし、ではないかと思います。

これは、中坊さんの言っていることと同じじゃないですか。

●何でも幸せだと思えるのが、ぼくの取り柄〔中坊〕

悪いほう悪いほうに考えて、終いには死に結びつけてしまうぼくですが、ぼくの持っている、これがいいところじゃないかと思う点が一つあります。それは、何でも、どんなことでも幸せだと思えることです。

先程も話しましたね、カール・ブッセというドイツの詩人の「山のあなた」という詩です。

山のあなたの空遠く
「幸い」住むと人のいう
ああ、われひとと尋めゆきて――、という有名な詩。

要するに、われわれ人間は、幸せというものを外的な条件――、おカネとか、地位とか権力だとか、自分自身の健康もそうだと思うのですが、そういった外的なものに結びつけて考えているけれど、実はそうではない。心の中にこそ幸せがあるんだということを、その詩は言おうとしていると思うんですけど、その意味は、ぼくには何となくわかります。

それで、仮にぼくが死ぬとするでしょう。ぼく流に、ダーッ、ダーッと悪いほうに悪いほうに考えていって、そして死ぬとするでしょう。

その時に、ぼくは不幸で不幸で、不幸のどん底で死ぬかというと、そうじゃないんですよ。そうは思わない。

「いやー、あの時、あの頃のあんなにいい思い出が残っているのだから、ぼくはそれなりにこれで幸せなんだ」

こう思いながら、不幸ではなく、幸せに死んでいくんです。

人生のそんな計算をするというか、算盤を入れているんですね。

ダーッと悪いほう悪いほうに考えていった人生だとしても、

「そういえば、あの時にはああいういいことがあったんだから、こんな死に方もまあ仕方がないいな」

と、ぼくの人生や死に方に納得して、死んでいくんですよ。

何でも幸せだと思えるぼくの取り柄については、友だちなんかからも、いつもよく言われますよ。今、最高裁の判事をしている友人がいるんですが、そいつが、

「オレはおまえに何の才能でも劣っているとは思わない」

と威張った後で、こう言うんですよ。

「しかし、中坊、おまえに負けるところが一つある。それは、おまえがいつも自分で幸せだと思っているところだ。その幸せだという思い方が、瞬間湯沸器みたいにパッと幸せだと思って、すぐに自分一人で喜んでいる。それは、オレがおまえに負けてると感じる唯一のおまえの利点だ」——と。

ぼくは追い詰められていろいろやるけれど、やけくそになったり、自暴自棄になったりしてやっているんじゃなくて、大変だけど、それでも幸せだとぼく本人は思ってやっている。だから、幸せなんですよ。ぼくの生き方はこういった感じなんですね。

物事を考える時に、大体、何でも幸せだというふうにとらえる考え方だから、何事においても幸せだと思ってやっているんです。

●幸せは、どこかで返すべきです〔樋口〕

ぼくはクリスチャンですが、身近なところに幸せがあるというのはキリスト教でもまったく同じです。

もっとも、クリスチャンでなくても、前向きに生きている人は、大体、そういうふうに思うものです。いろいろなことを、

「これはいいなあー」

というように受けとめて、ちょっとしたことにも、幸せを感じるのですよ。

ぼくの親父もお袋もそうでした。偉いですよ。しっかり生きていたというのか、身近なところにささやかな幸せを見つけて、本当に幸せそうな人生をおくりましたよ。

こんなこともありました。京都の西のならびが丘の近くに、小型だがすばらしいマンションが出来る計画を聞き、両親にもそろそろ楽をしてもらおうと思ってプレゼントをしようと思ったことがありました。

父親にその話をして喜んでくれると思ったところが、黙って終わりまで聞いたうえで、「お前はどういう考え方をしているんだ。まもなく自分たちは死ぬだろう。その時にお前が育ったこの小さな家で親の葬式が自分たちの今の立場で出来ないと思うからマンションを買うというのか」

と日頃に似合わず激怒して書類を投げつけられました。いくらそれは「違う」と言ってもなかなか許してくれません。謝って、謝ってやっと許してもらいましたが、父親は、「自分たちは十分幸せでやっている。それもこれもご近所の皆さんのお陰だ。足腰が弱ってきても少しでも自分たちより身体の不自由な人がご近所におられるから万分の一のお返しでもしたい」

といったのをおぼえています。

中坊さんが言われた〝幸せに死んでいく〟ということですが、ぼくも似たような気持を持っています。それは、人はものすごく幸せな時期があれば、その後の人生がどうであれ、その思い出だけで幸せに生きていけるのではないかということです。中坊さんは〝幸せに死んでいける〟ですが、ぼくは〝幸せに生きていける〟です。

そうだとすれば、その幸せな楽しい思い出をいっぱい心に抱けるような人生を、しっかりと生ききってみることが大切なのではないかと思いますね。

ただ、そうは言っても、自分だけの幸せにだけ、のめりこんでいるのは問題。普通は当然のことながら、幸せを感じる一方では、それをどこかで返したいという気持ちが起こってくるものでしょう。

「幸せなら、手をたたこう――」

なんていう歌のように、一人で喜んで手をたたいているだけじゃ、しょうがない。幸せだったら、手をたたく前に何をやるか、何を返すかを考えなければいけない。あの歌を聞いても、何で手をたたくのか、手をたたいたってどうということはない、とぼくは思ったりするわけですよ。

どうも、世の中全般に、自分の幸せや喜びを、他の人に返そうという気持ちが薄らいでいるような気がします。

これをビジネスにあてはめてみると、薄らいでいるのは〝感謝〟の心でしょうね。感謝の心は、町の小さな商店から世界的な大企業まで、あらゆるビジネスに欠かせない心構えです。

自分だけの幸せにひたっている人が多いように、ビジネスでもこの感謝の心を忘れている人が多い。

売り手のほうは、自分たちが提供する商品やサービスのおカネを払ってくれる人たちがいることに感謝し、一方、買い手のほうは、自分たちが求める商品やサービスを提供してくれる人たちがいることを感謝する。すべてのビジネスが、そういう人間らしい感情に支えられなければいけないことを、ぼくたちは忘れてはなりませんね。

幸福の話に戻りますが、中坊さんの場合は、自分の今の幸せに感謝する思いから、世の中のために何かをやろうということになるのでしょう。

●やりすぎの勝ち方は、要反省！〔中坊〕

ぼくは、そういうつもりでやっているわけではないし、悲壮になって思い詰めてやっているということはないんですよ。

これでも結構楽しんでやっているところもあるし、深刻な時もある。まあ、いろいろ複雑ですね。

これは、ぼく自身、反省しなければいけないことなのですが、日本弁護士連合会の会長をしていた当時のことです。法務省の事務次官と、ときどき言い合いをしましてね。ぼくがえげつないことを言うわけです。すると、その人がぼくにこう言うのですよ。

「中坊さん、私はわかりますよ、あんたの事件の相手方になった代理人の気持ちが——。

1985年、豊田商事事件の破産管財人を務める中坊公平さん。

ほんとにあんたは、訴訟で負けて倒れた代理人を、〝これでもか、これでもか〟というように、足蹴にしてごしごしと踏みにじる。あんたみたいな勝ち方をした人は、相手方が必ず恨みを持ちますよ」——と。

ぼくのやり方というのは、相手方が、

「参った！　参った！」

と手をあげて降参しても、なおかつ、攻撃をやめずに、ガーッとやることがあるのですよ。周囲の人たちからは、

「やりすぎに注意しろ！」

と言われているんですけどね。これは、ぼくの要反省点ですな。

子どもの頃に、ケンカで相手にかみついたというあれは、今のぼくの根性の中にまだあるのでしょうが、この根性はあんまりほめられたものではありませんね。

自分の身を危険にさらします。ほどほどにしないといけないなと思っています。

●逆境だからこそ、チャンスがある！〔樋口〕

中坊さん、今のあんたがやっている仕事は、この時代に必要なんですよ。今、中坊さん

のような人が必要なんです。うまい具合に、あんたはこんな大変な世の中に生まれてきた。本当に幸せな男ですなあ。

まあ、ぼくのほうも経済戦略会議の議長として日本再生のレポートをまとめ、昨年の三月に提出したわけだけど、戦略会議では、世の中の景気が悪いので、中には弱気になっていた委員もいました。何をやろうとしても、いろいろ障害が出てきてむずかしいのではないかというのですね。

だから、ぼくは言ったんですよ。

「こういう逆境だからこそ、チャンスがある。おもしろい時代じゃないですか。こんな逆境だから、ますますやる気がでてくるのではないですか」――と。

まず、経済戦略会議は、逆境を克服するという困難な使命を帯びているので、それだけやりがいがあるし、意欲も湧いてくる。そういった意味では、むしろやりやすい仕事だと思いました。

また、何よりも、〝一刻も早く経済を再生する〟という目的がはっきりしています。期間は六カ月。余計なことを考えている暇はありません。委員が一体になってやらなければ間に合わないので、足の引っ張り合いのようなことは起こらない。

それに逆境だからこそ、思い切った提案を行いやすい。順境の時は、みんなが現状を肯定しているのですから、あまり大胆な改革案では耳を貸してもらえないでしょう。

こういったことを考えてくると、非常に意義のある仕事であり、やりがいが大きいことは間違いありません。委員全員が、非常に燃えながら、効果的に仕事をしました。

事実、経済戦略会議は、半年間で集中的に非常に熱心に議論し、大胆な改革を提言しています。

正直に言って、大変困難な仕事でした。しかし、引き受けた以上は、後ろ指を指されるようなレポートを出すわけにはいかない。また、力不足で批判されるならまだしも、誤解や理解不足で揚げ足をとられるようなことは絶対に避けたいと思いました。

それで、ぼくは記者会見やインタビューなどあらゆる機会を見つけて、経済戦略会議の答申の趣旨を報道関係者に説明するように心がけましたし、他の委員の人たちも、いろいろな所で、戦略会議についてアピールしてくれました。

こうした努力が実ったのか、答申に対してマスコミはおおむね好意的でしたね。やはり、的確にアピールすることは大事。ビジネスの場合ももちろんですね。

とはいえ、ただただ〝お願い〟スタイルのアピールをしていればいいのかというと、そうではなく、〝理解してもらうための〟アピールが必要なのではないかと思います。

もっとも、アピールをしなくても、みんなは自分のことをわかってくれる、というのは

甘い。よく、

「オレには才能があるし、ヤル気があるのに上司はわかってくれない」

と嘆く人がいますが、これは自分自身を売り込む努力が足りないから。機会があるたびに積極的に自分を売り込むべき。自分が自分を売り込まないで、一体、誰が売り込んでくれるのですか。売り込み方の工夫はそれなりに必要ですが、いつかはわかってくれるだろうなどといった受け身の姿勢ではいけませんね。

〝逆境こそ、チャンス〟というのは、ぼくは子どものときから、そういうふうに感じてきたのですよ。

商売といった点から、この逆境をみると、なるほどモノは売れていない。しかし、詳しく見てみると、何もかもが売れていないのではなく、新しい機能や新しいデザインなど消費者にアピールする特徴のある商品は売れています。

ですから、そんな消費者にアピールする、また、消費者ニーズに応えた、画期的で新しい価値を持った商品や、魅力のあるサービスを開発すればいい。それが大変なんだ、と思うでしょうが、経営者としては、むしろ腕の振るいどころ。やりがいのある経営環境なんです。そんな経営者に、今、求められているのは、ネバーギブアップの精神です。

「経営環境が悪いから」

と言ってるだけでは、経営者の資格なし。環境が悪いのなら、悪いなりにどうするかを考え、明快な対策を打ち出し、実践するのが、経営者の真の務めです。

一方、社員にとっても、力の見せどころの時代です。現状は悪い部分ばかりなので、失敗を恐れずに、何事にも果敢にチャレンジできる。誰もが前向きにトライできる可能性を秘めた時代、この逆境の時こそ、チャンスに満ちた時代とも言えるのです。

バブルの時代のように、ただただ好景気に支えられた業績を伸ばすのとは違って、こういう逆境の悪条件の時代では、個々の裁量と力量が問われるわけです。

小が大を食う時代、会社にしろ、個人にしろ、これまでのワクにとらわれず、過去にとらわれずに力を発揮できる時が来た。チャンスが到来しているのです。

まさに、逆境こそ、チャンスなのですよ。

●自ら逆境に身をゆだねる〔中坊〕

ぼくが携わった住専問題だって、まあ、逆境を克服する困難な使命の一種だと思いますよね。

住専七社が莫大な不良債権を抱えて倒産したのは、住専という会社そのものが悪い、リーダーである経営者が悪い、住専をつくった金融機関が悪い、それを指導した大蔵省が悪い、といったように〝悪い、悪い〟でいっぱいの新聞や週刊誌などが書かれ、テレビやラジオなどで報道されました。いいことなんか一つも言われない。実際に悪いことだらけなのだけど、まさに逆境そのものの状態といっていいでしょう。

ところが、こんなにたくさんの不正を見逃してきた司法の名前は出てこない。じゃー、司法に責任はないかというと、そうではない。司法にも大きな責任があるのですよ。でも、〝悪い、悪い〟の中に司法の名前が出てこないから、司法に関係している法曹界の者たちは、みんなほおかむりして

「自分たちも悪い」

なんて言いださない。

別に法曹界に限らないのだけど、ビジネスの世界だってそうでしょうけど、良い時、ほめられるような時は、

「それは自分がやりました」

あるいは、

「それを自分にやらせてください」

など、〝オレが、オレが〟というくせに、悪い時には、何も言わない。黙っている。ぼく

はそういうのはイヤなんですよ。

住専問題の時も、

「自分たちは関係ない」

というように、知らん顔を決め込んでいる司法、法曹界の姿勢がイヤで、ぼくは住専問題に飛び込んでいったわけです。

いわば、自ら逆境に身をゆだねたのですが、こうした逆境というのは、ともかく克服しなければならない、解決しなければならないという使命があるわけでわかりやすい。

住専問題も、国民にあれだけの負担がかかってくると、ぼくのやったような解決でしか解決のしようがない。

そういう意味では、逆境は、自分が何をやらなければならないかがわかりやすい時だと思いますね。だったら、そのやるべきことをやればいい。

●アサヒビールの「仕事十則」「管理職十訓」〔樋口〕

住友銀行からアサヒビールに移った当時は、アサヒビールはまさに逆境の時代。その建て直しのために徹底して社員教育をやりました。といっても、あたりまえのことをあたりまえにやれ、というだけの話ですよ。

その当時、トップの考えを全社員に生の形で伝えるべきだという考えから、月に一度、ビデオを通して全社員に語りかける朝礼を行いました。ビデオに撮る朝礼の場所は、本社、工場、支社、支店など。一回の時間は四十分から五十分です。

少しもむずかしいことを話したわけではない。仕事への基本的な取り組み方を繰り返し話し、また、アサヒビールの経営会議でどういうことが決まり、これから何をやるのかなど、すべての情報を明らかにしました。

このビデオについては、社員教育の材料になる部分や、仕事の基本姿勢として重要な部分が経営企画部によってピックアップされ、「仕事十則」「管理職十訓」となって、アサヒマンのテキストのようになっています。アサヒビールの逆境の時代に生まれたものですが、その多くは今も、他社を含めて通用するのではないでしょうか。それぞれの人たちの仕事に対する姿勢というか、心構えというか、そういうものの参考になるのでは、と思われるので、ここで紹介してみましょう。

まず、「仕事十則」については、

・基本に忠実であれ。基本とは、困難に直面した時、志を高く持ち初心を貫くこと。常に他人に対する思いやりの心を忘れないこと。

・口先や頭の中で商売をするな。心で商売せよ。
・生きた金を使え。死に金を使うな。
・約束は守れ。守れないことは約束するな。
・できることとできないことをはっきりさせ、「YES」「NO」を明確にせよ。
・期限のつかない仕事は「仕事」ではない。
・他人の悪口は言うな。悪口が始まったら耳休みせよ。
・毎日の仕事をこなしていく時、「今、何をすることがいちばん大事か」ということを常に考えよ。
・最後までやり抜けるか否かは、最後の一歩をどう克服するかにかかっている。これは集中力をどれだけ発揮できるかによって決まる。
・二人で同じ仕事をするな。お互いに相手がやってくれると思うから「抜け」ができる。一人であれば緊張感が高まり、集中力が生まれてよい仕事ができる。
また、「管理職十訓」については、次のようになっています。
・組織を活性化しようと思ったら、その職場で困っていることを、一つずつつぶしていけばよい。人間は、本来浮かび上がろうと努力しているものだから、頭の上でつかえているものを取り除いてやれば自ずと浮上するものだ。

・職位とは、仕事のための呼称であり、役割分担を明確にするためにあるものだと考えれば、管理とは何かがキチンと出てくる。
・「先例がない」「だからやる」のが管理職ではないか。
・部下の管理はやさしい。むしろ、上級者を管理することに意を用いるべきである。
・リーダーシップとは、部下を管理することではない。発想を豊かに持ち、部下の能力を存分に引き出すことである。
・「YES」は部下だけで返事をしてもよいが、「NO」の返事を顧客に出すときは、上司として知っていなければならない。
・人間を個人として認めれば、若い社員が喜んで働ける環境が自ずからできてくる。
・若い人は、われわれ自身の鏡であり、若い人がもし動かないならば、それは、われわれが悪いからだと思わなければならない。
・若い人の話を聞くには、喜んで批判を受ける雅量が必要である。
・結局、職場とは、人間としての切磋琢磨の場であり練成のための道場である。

●指示通りにやっているだけでは会社は伸びない〔中坊〕

まあ、会社では、あたりまえのことが、あたりまえにやられていないことが多いということでしょうね。

そのあたりまえのことをやられた樋口さんが、企業の建て直しに成功なさったということです。

ただ、樋口さんの場合は、社員教育といっても、上から、

「あれをやれ！　これをやれ！」

というように強制しているのではなく、社員の自主性を非常に尊重している。ヤル気をださせています。

ぼくが住管機構と整理回収機構の社長を、あわせて三年間やってみて、一番に感じたのは、「上の人間の命令どおりに会社が動いたら、会社は伸びない」ということです。

会社というのは、社長が言っていることを〝ハイ、ハイ〟とやっているだけではなく、それ以上のことを、社員がやらなければいけないのですよ。

そのためには、役職の下の者は、上の者が何を求めているかを理解して、それに付け加える形で自分で発案して、自分で行動しなければならない。

結局、会社というのは、ノウハウが優れているとかではなく、社員が自発的に自分で考えて、自分でやるという風土が生まれてこないと、実績は上がっていかないのではないで

しょうか。

もちろん、社員に自主性を持たせるのには、社長や幹部の考え方ややりかたが大いに関係してきます。

一方、役所や軍隊というのは、上からの命令どおりに動けばいい。これが会社と官僚組織や軍隊との差ですね。

だから、ぼくが社長をやっていたのは〝会社〟なのだから、社員は役所や軍隊のようにぼくの指示をそのままにやろうというのではいけない。ぼくの指示がどんな意味を含んでいるのかをじっくり考えて、社長の指示以上のことを自分の発案でやってほしいわけですよ。それで、結果的にみて、指示に反したような行為をしても、指示の意図を理解してやっていたなら、それはそれでいいんです。

住管機構の場合は、まあ、ぼくを理解して動いてくれた人はせいぜい十人くらいでした。いや、十人も動いてくれたから住管機構はうまくいったんです。

こうしたことは国家も同じことで、国民が自立し、自分の意志で、自分で行動しなければ、国家全体として伸びていかないんじゃないですか。

●「金太郎飴集団」ではなく「桃太郎軍団」に〈樋口〉

会社には自立した個性的な人間が必要です。アサヒビールでは、それらの人たちを「桃太郎軍団」と呼んでいます。

この「桃太郎軍団」に対する言葉が「金太郎飴集団」なのですが、長い棒状の飴のどこを切っても切り口には同じ顔が出てくる、「金太郎飴」がありますね。かつての日本の企業では、社員は同じ価値観を持つべきであり、金太郎飴のように同じ顔をしていることが大事だと言われていました。今でも、まだまだそんな金太郎飴みたいな企業は少なくありません。

そして、その会社のどの人も同じようなことを考え、同じように行動する組織を「金太郎飴集団」というわけですが、金太郎飴集団は明らかに時代遅れです。当然、これからの企業は、この金太郎飴から脱却しなければならない。

もちろん、金太郎飴集団がまったく役に立たないというわけではなく、かつての高度成長期の時代には、みんなが一丸となって同じ目的に向かって力強く走り、大きな成果をあげました。消費者の意識も今と比べれば格段に画一的で、金太郎飴集団にふさわしかったですね。

しかし、それも過去のこと。現在の日本のように成熟化し価値観が多様化した社会では、金太郎飴集団は力を発揮できない。的確な対応ができない。

それどころか、世の中の流れについていけず、むしろ、会社の足を引っ張ってしまう。ぼくがアサヒビールの社員によく言ってきたのは、「桃太郎軍団」になれということです。それはどういう意味かというと――。

桃太郎にはサル、イヌ、キジという三匹の家来がいました。サル、イヌ、キジのメンバーはそれぞれの個性と能力を持っている。会社の「桃太郎軍団」とは、「金太郎飴集団」と違って、こうした個性や能力にあふれた異能集団のことです。

たとえば、その集団には、人間が自分だけの力では登ることができない高い所へ登っていける機敏さを持ったサル型の人間がいる。鋭い嗅覚とスピード、人間よりも低い視線でモノを見るイヌ型の人間、空を飛んで高い所から全体的にモノをとらえるキジ型の人間など、いろいろな個性や能力を持った人間がいるわけです。

リーダーの桃太郎は、そうした異能の人間たちが集めてきた情報を分析・処理。〝鬼退治〟という共通の目的のために綿密な戦略を立て、行動を起こすわけです。

こうした「桃太郎軍団」なら、個性化し、多様化した今の市場――、てんでバラバラにみえる市場にも十分に対応できます。同じような考え、同じような目的を持ち、同じような生活をしているといった画一的ではなく、さまざまのニーズを持った消費者の心をつかむことができる。まさに現代にふさわしい集団というわけです。

前例主義にとらわれがちな金太郎飴集団の場合は、

「前例がないからやらない」

ということになるけれど、桃太郎軍団は、

「前例がないからやろう!」

となるのです。やっぱり、〝前例がないからやる〟といった気持ちでないと、今の厳しい時代を乗り越えていけませんよ。

アサヒビールでは、社員一人ひとりの個性を伸ばし、「桃太郎軍団」の一員になってもらい、この会社で夢を実現していってほしいと思っています。

自分の人生の主役はやっぱり自分。組織の中にいる以上は、その組織のために自分は何ができるかと考えることは必要でしょうが、そうした組織の中での生き方を含めて、自分は自分のために何ができるかという自分主役型の思考こそ、実りの多い人生につながるのではないでしょうかね。

●効率重視の行き過ぎはダメ!〈中坊〉

アサヒビールには、非常に頼もしい「桃太郎軍団」が育っているようですけれど、住管機構社長当時のぼくにとっての大きな問題は、社員にどうやって安心して働いてもらうかということでした。

そもそも住管機構というのは、法律で存続期間が十五年と決まっている。社員は十五年間しか働けないのだから、十五年後のことに不安を持ちます。

それなのに、ぼくは社員に、

「十五年というのは長すぎるから、半分の七年半で不良債権を回収しなさい」

と言ったのだから、余計に不安になりますよね。

ましてや、住管機構は、大蔵省の試算では赤字であり、黒字なんか出っこないとのこと。そんな会社で働くのは、社員にはきついことです。

この赤字については、ぼくも心配していましたが、平成九年三月期の最初の決算で七百億円の営業収益が出て、営業利益も約二十八億円の黒字になりました。

本当にホッとしましたね。初めて、

「会社もこれで何とかなるのでは」

と思いました。

黒字になるのと赤字になるのとでは、まったく大違い。赤字なら選択する道は限られて

〝倒産〟ということが頭にパッとくるけれど、黒字が出れば、その後の展開はいろいろ考えられるわけです。

社員の気持ちも変わってきますよ。やる気もずっと出てくる。

会社の運営方針だって赤字でも黒字でも同じということはない。それでぼくはその三月に、それまでは役員の出張の際、グリーン車使用は禁止だったのですが、それを解除したり、また、一回当たり一人二千円までの会議費を月三回認めるようにしました。まあ、交際費みたいなものですね。今までは認めていなかったけど、これからは、

「それで飲み食いしなさい」――と。

社員が千人だとすると、ひと月六百万円、年間七千二百万円。大したカネじゃない。回収しようとしている不良債権の額に比べたら、ホント、微々たるもんですよ。

しかし、この効果は大きかった。てきめんです。回収成績がびっくりするほど上がりました。

会社のカネで飲み食いするのは、悪いことみたいに思われているようで、このごろは社会全般で飲み食い禁止でしょう。ぼくはこうした飲み食いというのは、限度を越えなければ、一定の程度なら、大事なことではないかと思っているんですよ。

何でもかんでも、飲み食い禁止というのはいかがなものでしょうかね。

人間っていうのは、いくら大義名分があっても、使命感だけで〝働け、働け〟といったって、そりゃー、働かない。

ただひたすら、効率だけを重視してですね、〝あれもダメ、これもダメ〟といって、効率重視の資本主義が行き過ぎたら問題。そこには、人間らしく生きるということとの調和というのが必要になってくるんですよ。

何が何でも勝てばいい。勝つために〝あれをしろ、これをしろ〟あるいは〝あれをしてはいけない〟〝これをしてはいけない〟といった競争原理だけで成り立つ社会や組織は、決して良い社会でもないし、良い組織でもないとぼくは思いますね。

●ストレス解消、明るく行こう！〔樋口〕

効率主義一辺倒だったり、競争原理だけでやっていったとしたら、社員はたまらんでしょうね。

ビジネスマンのストレスの原因の大半は会社にある。ぼくの場合は、大きな声で明るく元気にニコニコしていればたいていのことはうまくいくと思っているけれど、もって生まれた性格にもよるだろうから、〝元気にニコニコ〟だけですべての人がそれで救われるわけではないでしょう。

たとえば、何かがあって、気分が落ち込んでどうしようもない時は、会社から抜け出して公園などで寝ころがってボーッとしてみる。会社のことが気になるかもしれないけど、ともかく何時間もボーッとしてみる。すると、そんなことをしている自分が気になってくる。イヤ気がさしてくる。そして職場に戻りたくなってくるものなのですよ。

こんなリフレッシュ法もあっていいと思いますね。

それにね、行き詰まったり、ストレスがたまってきたなあ、と感じたら、ともかく寝るのが一番です。

せっかく横になって寝ようとしても、イライラして眠れなければ何にもならないから、眠りに入りやすいように、少し熱めの湯を浴びて、石鹸で全身を洗い流してから寝る。

寝てしまえば、後は起きるだけ。眠ることによって気持ちを切り換えられるものです。

ぐっすり眠って起きれば、イヤなことは忘れ、ふつふつと新しいエネルギーが湧き起こってきて、

「さあ、やるぞ！」

という気持ちになってくる。

ただ、〝ストレス〟というと、悪者扱いをされていますが、良い面もある。ストレスはあ

る種の刺激剤、活性剤として役立つ場合があります。新しい挑戦へのきっかけになったり、新しい発見や興味を生み出していく基になったりするのです。そうですね、ストレスでクヨクヨするよりも、むしろ、ストレスを利用してやる、といった気概が必要かもしれないですね。

世の中の職業としては、圧倒的にサラリーマンが多いのだけど、企業人として〝ポジティブに生きたい〟と願うなら、企業や職場を自分の人生の重要な舞台と考えたい。そこには自分の可能性を極限まで試すチャンスがたくさんころがっているから、思いっきり飛び跳ねたり、自分のキャラクターを精一杯生かしてみるべきです。自分の可能性を企業や職場をとおして膨らませていくべきだと思いますね。

ぼくは〝ニコニコ元気〟が好きなんですけど、やはり、明るくしているほうが、いいことがあるようです。それにぼくは好奇心が旺盛なのですが、これもいいみたいです。何にいいかというと、それはいろいろあるけど、チャンスにめぐりあいやすいということもその一つですね。

ネクラな人やネクラな見方をしている人には、チャンスなんか寄ってこない。逆に明るくしていれば、自分自身の視野も広がるし、チャンスの芽が見えてくるものです。

好奇心、つまり物事をおもしろがって見ることですが、何事も関心や興味を持って見な

ければ、その物事の本質は見えてきません。関心や興味を持ち、さらにおもしろがって見ることができれば、チャンスのほうが、

「アイツは何だ?」

と寄ってくるもんです。

ただ、世の中全体を見ると、あんまり明るくはない。

「アイツが悪い、コイツが悪い」

と、他人のことを悪しざまに言う者が多い。そんな悪口を言ったところで、それで問題が解決するわけではないし、しょせん、一時的な逃避、結果的にまったく無駄な言動にしかならない。他人の悪口よりも、

「今、自分は何をしなければならないか」

「どうすれば、一番いいのか」

などと、自分について考えるようにしたほうがいいと思います。

今の時代は、自分で自分をもう一度見つめなおす、脚下照顧——、自己点検が大事なのではないですか。

まあ、時代の風潮としても、本や雑誌、新聞などで書いてあるのも全部批判的なものばっかり。全然ほめていない。批判されるとがっくりきて落ち込むだけだけど、ほめられて怒

る人はいない。あんまりほめられすぎると照れるだけの話。もし、ほめられていることが事実と違ったら、

「いやー、違う、違う、ホントはそうじゃないんだ」

と照れるだけのことで、話そのものは明るい。今の世の中、ほめられたことから生まれるいろいろな明るさがほしいですよね。

しかし、それにしても、中坊さんはぼくのことをほめないな。これまでほめられたことはない。

●樋口さんをほめると――〔中坊〕

いやー、ほめることはありますよ。まず、樋口さんぐらい、世の中すべてのことを楽観的に考えている方はないですね。

ぼくは何でもマイナス方向へ考えるけど、樋口さんは何でも物事をプラス志向で考えます。マイナスの部分があっても、それは少なく、小さく見積もってしまう。逆に、長所や利点などのプラスの部分をバーッと大きくもってくるんで、マイナスの部分は隠れてしまいます。

とはいっても、マイナスの部分は結構ちゃんと見ているんです。見ているけれど、それに打ち勝つ前向きな姿勢、明るさがあるんですよ。

こんなことを言うと、悪口になっちゃうんですけど、へまをやっても全然、悪びれない。平気、平気、まったく平気。

「この人、ちょっとイカレているんじゃないか」

というぐらい、あきれるほど前向きで、ホント、愉快な人ですよ。

それと、樋口さんはむずかしい言葉で言うのではなく、かみ砕いた言葉を使いながら、それが本質を突いているので、人の心にググッとくる。発想もいいし、元気で豊富な言葉が次から次へ、ポンポンと出てきますね。

それから恥ずかしがらない。どこへでもパッパ、パッパと出かけていく。非常に活動的です。

さらに、そんなことは言わないほうがいいのにと思うことも、ズケズケと言う。ホント、誰にでも遠慮しないで、はっきりとモノを言います。

ぼく自身、相当イカレているほうですが、弁護士仲間でもイカレているほうなんですが、樋口さんはそれよりまだ上を行く。上を行っている。あっ、これはほめたことにはならないか――。

●中坊さんをほめると――〔樋口〕

まあ、ぼくがプラス志向であることは確かですね。さきほど話した「安宅産業事件」の時、ぼくは住友銀行の常務でこの問題解決のために専念したのだけど、そのために、社内では苦労を苦労と思わない人間、向こう気が強い人間、プラス志向の人間ばかりを集めました。

「安宅産業の問題をやりたい人は、この指にとまれ！」

といった感じですよ。

結局、どこにでも、困難な問題を解決することが好きな人間が十人のうち、二人くらいはいるんです。

「どうだ、この問題に取り組むのはおもしろいか」

と、ある社員に聞くと、

「ええ、おもしろそうです」

と答える。

「じゃー、来てくれ、一緒にやろう！」

それだけの話ですよ。そういうようにして、プラス志向の社員ばかりを集めて、安宅産業問題解決のために取り組んだ。

中坊さんのところに人が集まるのも、ぼくがやったような、そういうふうなんじゃないですか。普段は何となく、

「どうも、ダメだなあ」

と思っていても、中坊さんのところに行くと、その人が本来持っている〝問題解決〟への挑戦心みたいなものが刺激を受けて、

「やってみよう！」

という気持ちになる。プラス志向になるわけですよ。

それが中坊さんのいいところ。こういう性格で生まれたら得だなって思いますね。ズケズケとモノを言って、ズケズケと行動するけれど、それも相当にキツイんだけど、憎めないいんだなあ。天真爛漫としていて、どんなことを言われても、

「何を！」

という気持ちにはならない。

「なるほど」

という気持ちになる。ホント、得な性格をしていると思う。もっとも、中坊さんの話だ

と、あちらこちらで相当に恨みを買っているとのことだから、そう感じるのはぼくだけかもな。

でも、ホント、いいよ。一緒にいて楽しい。話していて楽しい。みんないい。

ほんとうの話、中坊さんには、子どもの時に会っている記憶がある。小さい子で泣いてばかりいた。そんな子が、今はこんなに立派になって――。中坊さんはぼくより四つ下だから、小さいので覚えていないでしょうね。

●ぼくの耳はウサギの耳〔中坊〕

そうなんですよ、覚えていない。だから、元赤坂でお会いした時に、樋口さんから、「あんたの親父は忠治、お母さんは富さんっていう名だろう」って、にじりよられた時には、正直言ってびっくりしました。

さきほど、樋口さんはぼくのところに人が集まると言われましたが、よく面倒をみてくれる人は集まりますね。

その理由は、多分、こうなんでしょうけど。それはですね、ぼくはものすごく人見知りをするんですよ。だから、生まれてからずっと同じ散髪屋へ行き、同じ病院へ行き、自分の事務所の事務員もほとんどメンバーは変わらない。要するにきわめて狭い範囲で生きているわけですよ。

そうすると、ぼくと接触している人も、ぼくの面倒を見ざるをえなくなるんですね。そういう人はごく少数ですけど、常にどこの場所、どこの職場に行っても、必ず何人かいて、何もかも面倒を見てくれる。極端に言えば、

「ババたれたら、お尻の穴をきれいに拭いてやる」

というようなヤツが、どこに行っても現れるんですね。そういうのが、いつも身辺にいるんです。

まあ、少数精鋭っていうのかな。精鋭かどうかは知らんけど、人数は少ないけど、ぼくの回りにはそういうのがいるんですよ。ぼくにそんなことをしたって、その人自身には何の対価もないのに——。

それで、樋口さんと大昔に会っているということで、ぼくは小さかったので記憶にないのですけど、小さい頃といえば、ぼくの子どもの頃からの特徴は耳が大きかったことなんですよ。

この耳が大きいということは、勘がいいということ。危険予知能力が、ある程度あるということです。

まあ、この危険予知能力というのは、ぼくが自分で勝手に考えているんですけどね。つまり、ウサギの耳はウサギの体と比較して非常に大きいでしょう。ところが、ライオンの耳は体に比較してずいぶんと小さい。

では、何でライオンの耳は小さくて、ウサギの耳は大きいのか。

それはですね、ウサギは弱いから、大きな耳でどんな小さな音でも聞こえるようにしなければならない。危険な物音を大きな耳でキャッチして、素早くそれに対応しなければいけない。じっと息を殺してひそんでいたり、大急ぎで逃げ出したりしなければならないわけですよ。

ライオンの場合は、そんな必要がないから、耳は小さくていい。

ぼくの場合はウサギと同じで、とても弱いから、大きな耳で、素早く危険を予知して、危なくなったらすぐにそれに対応できるようにしている。

ぼくは臆病なんですよ。基本的に小心で、やっぱり、ウサギのような生き方をしてきたような気がする。結局、ライオンのような強者にはなれなかったと思っています。

●リスクを恐れるな！〔樋口〕

危険という言葉よりも、リスクという言葉を、ぼくは使いますね。

どのようにして使うかというと、

「リスクを恐れるな！」

といった使い方です。

日本人は昔から、急激な変化を好まない傾向があります。それは大きな変化を起こす意欲や勇気に欠けるということですが、これからの激動の世の中を生きぬいていくには、それではいけない。

今の日本は根本的な変革を必要としています。しかし、変化を求めるより、現状を、

「まあ、これでいいや」

と肯定して生きるほうが、とりあえずは楽ですね。

ただ、〝まあ、これでいいや〟と思う現状、この不況にもめげずに何とか維持できている会社の現状は、自分自身が築いたものではない。それは、自分も少しは寄与しているでしょうが、ほとんどは前の世代が歯を食いしばって支えてきたものです。

でも、これまでの世代が築いてきたものの上に安住していたのでは、自分自身の人生に発展はない。発展どころか、尻すぼみになるのは目に見えている。だから、そういう意味で、前向きな考えで、現状を思い切って変えることを恐れるな。リスクを恐れていては何

もできない。可能性に挑戦することができない。ということで、

「リスクを恐れるな！」

と、特に若い人には言いたいのですよ。

●弱者を励ます裁判事例、大阪のバーのママの勝利〔中坊〕

今、リストラなどで苦しんでいる人や、逆風の中で必死になってがんばっている人たちが多いと思いますが、そういう人たちを励ます意味で、〝あきらめなくて良かった〟〝弱者でもがんばれば、救われる〟という裁判の事例を紹介しましょう。ぼくが関わった裁判です。

平成二年九月、大阪・新地の七、八坪ほどの小さなスタンドバーの入っている木造の建物が全部ではありませんが、原因不明の火事で焼けてしまいました。

バーのママさんは、その時、家に帰って寝ていたのですが、ママさんは、昭和四十年に賃貸契約を結んだ時に数百万円の権利金を払い、それから二十数年間、六十歳を超えるその年までがんばってきました。馴染みの客もたくさんいますし、現実問題として、彼女はそこで店を続けられなくなれば、もう路頭に迷うしかありません。同じ場所で店をやりた

いですし、〝ただ、出ていけ！〟では納得がいかず、家主の明け渡しの要求には応じませんでした。

そこで家主のほうは、建物が焼失してしまったのだから、賃貸契約は成り立たないということで、バーのママに対し、明け渡しの裁判を起こしたわけです。

ぼくがそのバーに二十年以上も前から顔を出していた縁で、ウチの事務所の若い弁護士が、ママに頼まれて裁判を担当することになったのですが、一審では負けてしまいました。

判決の内容は、ママさんに対し、

「火事が起きた以降の家賃を払ったうえで立ち退きなさい」

という、立ち退き料もない苛烈きわまるものです。

大体、火事そのものが変なのですよ。放火の疑いが濃い。しかも、この火事によって、一方的に追い出される店子に比べて、家主のほうはいいことだらけ。建物を取り壊し、土地を売り払って莫大な利益を得ることができるし、保険金ももらえる。〝地獄〟の店子に対し、家主のほうは〝極楽、極楽〟。一審の判決は弱い者いじめというか、普通の人なら誰もが、まったく納得がいかないと思う判決です。

そこで、ぼくはママさんに、

「古くからこのバーに通っている弁護士もいるだろうから、そういう人たちと〝年寄り弁護団〟をつくって力になろう」

と言って、実際に数人で弁護団をつくりました。いわば〝たそがれ弁護団〟ですね。

控訴審の大阪高裁で、弁護団の一員として、ぼくは、

「裁判所に意見を申し上げたい」

と宣言して、こんな内容の弁論を行いました。

「一審判決には体が震えるような怒りを覚えた。余りにも非情な判決だ。

バーのママは火事の時には自宅でスヤスヤ寝ており、火災に対しては何の過失もない。なぜ、このようにまったく罪のない者が、そこから何の補償もなく追い出されるという、事実上死を意味するような罰を、判決で受けなければならないのか。これが許されることなのか。

ママは、結婚もしないで、その場所でスタンドバーをやってきた。そんな唯一の営業の場所をなくしたら、行くところがないし、生活もできない。

それにも関わらず、一審のような〝出ていけ〟という判決が出るのはおかしい。

この事件は小さな事件だが、問われているのは司法の信頼だ。司法の言う正義が問われているのだと思っている」

裁判官に、自分の問題だと感じさせるような訴え方をしたんですよ。

〝たそがれ弁護団〟は、いわばボランティアですから、弁護料をもらいません。しかし、まじめに裁判に取り組み、がんばりました。家主の言い分どおりに、

「店子は裸一貫で出ていけ！」

というのでは、力の弱い者が強い者の身勝手なやり方にやられっぱなしということになります。許されることではありません。しかも、家主のほうは、一審の判決で非常に強気になっていて、その要求をどこまでも押し通そうとする。ぼくたち弁護団やママは、

「絶対に負けないぞ！」

と思いました。そして、いろいろ頭を絞り、勝つための工夫をこらし、熱意をこめて一所懸命戦いました。その結果、二審の大阪高裁で逆転勝利の判決をもらいました。また、昨年、最高裁もその判決を支持してくれて、ついにママの言い分が通り、弱い者が勝利を納めることができました。

一審の判決には今もなお怒りがおさまりせんが、最終的には弱い者が勝った、救われたという形になって、本当に良かったと思っています。

まあ、この社会、今は強い者の無法がかなりまかり通っているようですが、弱い者はそんな理不尽に泣き寝入りせず、はねかえしてがんばっていきたいものですね。

●夢や目標は、人生の原動力だ！〔樋口〕

結局、どんな世の中であろうと、夢や目標のない人生ほど味気ないものはないですね。夢や目標は、いわば人生の原動力。逆境やさまざまな苦しいことに負けないで、前進していくためには、夢や目標がなければなりません。

そうした夢や目標がなければ、その日その日を刹那的に生きることになるしかないから、ホント、つまらない。充実感が得られず、退屈な人生になってしまう。

新聞やテレビのニュースの事件をみても、しっかりと夢や目標を持っている人は犯罪なんかおかさない。そんな悪いことをやる気はもともと持っていないし、そんな時間もない。

ただし、夢や目標を持っていても、初めから、

「どうせかなうわけがない」

と思っていたのでは、そんなのは夢や目標がないのと同じこと。

「いつか必ず実現してみせる！」

という意欲が伴って、初めてホンモノの夢や目標となります。もちろん、これらは誰か他人が与えてくれるものではなく、自分でつくるもの。たとえば、宝くじが当たるといったことや〝玉の輿〟に乗るといったことは、それはそれでいいのでしょうが、ホンモノの

夢や目標とは言えないですね。

それに、多いのが、

「こんな世の中では、夢なんか持てるわけがない」

という声です。

「じゃあ、どういう世の中なら、夢が持てるの?」

と聞きたくなります。どんな世の中であっても、どんな環境であっても、夢も目標も持てるんですよ。

それでは、どのようにしてその夢や目標を見つけるかというと、これはその人の性格による部分が結構大きく、簡単に見つけることができる人とそうでない人がいる。

やはり、第一に必要なのは、まず、自分自身をしっかり見つけること。自分のことがわからなければ、自分にふさわしい夢も目標も見つからない。よく、

「自分なんか、どうせダメだから――」

と初めから諦めている人や、途中ですぐに諦めてしまう人がいますが、そういう人は自分の力を過小評価していることが多いので、その意味でも自己分析を十分に行うことが必要です。

それで、自分には何ができて何ができないのか、何に興味を持っているのか、自分に足

りないものは何か、を見つめる。そういうふうにやって〝自己発見〟に努め、自分自身を突きつめ、自分の中の可能性を探ってみる。自分のことは何でも知っていると思っていても、案外、自分の中に眠っている可能性に気づいていないことが多いもの。このようにしていくことが、夢や目標実現への第一歩となるのではないですか。

また、自分自身を突きつめるだけでなく、世の中のあらゆるものに好奇心を向けることは、自分の可能性を広げることとなり、夢や目標を持つことにつながります。

ただし、夢といっても必ずかなうとは限らない。いや、かなわないことのほうが多いかもしれない。もし、精一杯がんばった結果、やるだけやった結果、夢や目標がかなわなかったとしても、そのがんばった経過で人生にとって得がたい非常に貴重な何かをつかんでいるはず。決して無駄ではなかったわけだし、また、新たな夢や目標を探しだして、それに向かっていけばいい。

仮に失敗しても、すぐに立ち直るだけの精神的な強さを持っていれば、何も怖いものはないのですよ。そして、精神的な強さは、夢や目標がかなわなかったとしても、必ず、これまでの経過で養われてきているはず。ぼくも、そのようにして生きてきました。

まあ、こんな世の中でも、いや、こんな世の中だからこそ、やる気をだして、それぞれの夢や目標に向かってがんばっていこう、とぼくはみんなに呼びかけたいですね。

第V章 小渕前首相の思い出

●小渕さんとの出会いと経済戦略会議〔樋口〕

小渕恵三首相——、森喜朗首相が誕生したので前首相となるわけですが、四月二日に脳こうそくで順天堂大学の付属の病院に入院されてから、今日（四月六日）で四日目。肉親の呼びかけに脳波計が反応した、などと家族の人は話しているようですが、青木官房長官の会見では、病院の医師団の報告によると昏睡状態で非常に難しい状態が続いている、とのことです。非常に残念ですね。小渕さんも無念の思いでいっぱいでしょう。

ぼくと小渕さんとの付き合いは三年です。最初に会ったのは音楽会で、次に絵の展覧会でお目にかかっています。

初めは、この人はどういう人なのか、よくわからなかったのですが、接すれば接するほど、人に対する熱意が伝わってくる。ズンズンと心に響いてくるこの〝人への熱意〟に感心しました。

次に感心したのは、他者に対する熱意だけではなくて、もっと広い意味の〝世の中に対する熱意〟〝国に対する熱意〟です。どれだけ、世の中や国に対して、小渕さんが思い入れているかが、その話や姿勢によく表れていますよ。

お付き合いが浅いにも関わらず、平成十年八月には、首相直属の諮問機関である「経済戦略会議」の議長という大役を仰せつかりました。

経済戦略会議は、財界人六人、学者四人の合わせて十人で構成。低迷する日本経済を活性化するために何をなすべきか、といったテーマで会議が二十数回開かれ、半年間で最終答申をまとめあげ提出しました。

提出時に、小渕さんが、

「ごくろうさまでした」

と委員全員に頭を下げられたその答申の主な内容を、簡単に説明しますと、今後十年に想定される経済プロセスを前提として、日本経済再生に向けての戦略ステップとして三つの段階に分けられています。

まず第一段階は平成十一年度、十二年度頃でバブル経済の集中的清算期間、第二段階は平成十三年度、十四年度頃で、成長軌道への復帰と経済健全化期間、そして第三段階の平成十五年度以降が、財政再建・構造改革による本格再生のための期間、となっています。

そこを貫く根本思想として「健全で創造的な競争社会」の構築を打ち出しているのですが、わかりやすくいえば、がんばってもがんばらなくても同じという社会ではもうダメということ。これまでのような規制・保護や護送船団方式とは決別しなければならない。そして、努力した人がちゃんと報われる公正な税制改革や創造的な人材を育てる教育改革の実施など、それぞれ個人個人の意欲と創意工夫を十二分に引き出すことができるシステムの構築が不可欠である、ということを言っております。

一方、これは決して弱者切り捨てではなく、一所懸命に努力したけれども運悪く競争に勝ち残れなかった人や、がんばったけれど事業に失敗した人などには敗者復活の道が用意されなければならないし、健康にして文化的な生活——ナショナル・ミニマムをすべての人に保障するといったセーフティネットの充実は不可欠です。

このように、ある程度のセーフティネットを整備しながら、努力によって報われる健全な競争を基本とした社会——、アングロ・アメリカン・モデルでもヨーロピアン・モデルでもない、日本独自の「第三の道」を目指すべきだというのが、経済戦略会議の提言です。

●人柄が信頼できる小渕さん〔中坊〕

ぼくが小渕さんに請われて、内閣特別顧問に就任したことで、〝変節〟だとか〝取り込まれた〟とか、いろいろ言う人がいたけれど、引き受けたのはただ、小渕さんの人柄に惹かれたから、人柄が信頼できたからです。

住管機構の仕事の時も、小渕さんは、

「中坊さんを大蔵省から守ります」

と言って、実際にぼくを助けてくれたんですよ。

樋口さんも、経済戦略会議で小渕さんと出会って話すことが少なくなかったと思いますが、どういうふうに感じられましたか。

●〝人柄の小渕〟と言われる訳に納得！〔樋口〕

小渕さんは非常にまじめで真剣。やる気にあふれていました。委員には、

「何らはばかることなしに、どんどん意見を出してほしい」

と言われ、一国の首相として、超多忙の身であるのに、二十回開かれた経済戦略会議にはすべて出席。一回も遅刻はしないし、一回の早退もない。一回も途中で手洗いに行くこともない。この姿勢には委員全員、心を打たれました。


会議では自分が感じたことや意見をメモにとって、後で熱心に委員に質問をされる。その質問もかなり厳しいもの。会議の内容をよく理解していないとできない質問です。そして会議が終わった後に、十分くらい時間をとって、委員個人個人の意見をもう一回、コン

ファームする。この慎重さには大変感心しました。

その一方では、行動が早い。会議で決まったことなどで、できることはすぐに実行に移していきましたね。

まあ、小渕さんに対しては、中身のない〝真空首相〟とかいろいろ悪く言う人がいますが、ぼくが感じたのは、物事に対する真摯な態度と、スピードのある行動力です。

小渕さんのそうした姿勢の一例として、「飛行機の政府専用機に民間人を乗せるようにした」ことがあります。

世界中で政府専用機、あるいは大統領専用機、首相専用機などに民間人を乗せないのは日本だけです。小渕さんは、ぼくに、

「樋口さん、日本も先例を破ろうじゃないか。民間人も専用機に乗って、その間、政府関係者と民間人がいろいろ議論しようじゃないか」

と言いました。飛行機の中で民間人と首相や政府関係者が議論をすれば、乗っている時間が有効に使えるわけです。

小渕さんには、そのように、必要な場合は前例を固守しない柔軟性がありましたね。

また、フランスのシラク首相、ドイツのシュレーダー首相ならシュレーダー首相、あるいはイタリアの総理ならイタリアの総理など、各国の元首と会う時には、

その人のことを徹底して調べ、今の関心事は何かを把握していました。しかも、外国では各国の日本の大使を立てるのですね。元首などにも、

「ここの大使は、こういう素晴らしい人です。あなたの国でがんばっていると思います。だから、私も支援していきます」

と話して、小渕さん自身、

「自分が、自分が――」

といったところがない。別に大使の場合だけではなく、謙虚で、常に自分は一歩下がって、人を立てていました。〝人柄の小渕〟と言われる理由がよくわかります。本当に得がたい人です。

こういう生き方が、無理をするというか、過労を生んだのでしょうね。（しかし五月十四日の午後、小渕前首相は、入院から四十三日たって、脳梗塞のため逝去されました。慎しんでご冥福をお祈りいたします。）

●非常に慎重で素直な人という印象〔中坊〕

小渕前首相とお会いしてお話したのは、平成十年の秋ごろだったと思います。それまで

も何度か、官邸でごあいさつするといったことはありますが、本格的に対面したのはその時です。

平成八年七月より、ぼくが社長になって、不良債権回収を行ってきた住管機構が、整理回収銀行を吸収合併して、「整理回収機構」に生まれ変わることになりました。ところが、〝官主導〟の整理回収銀行が〝民主導〟の住管機構に吸収される形になるのが不満だったのか、大蔵省側のさまざまな対応、抵抗などがあり、整理回収機構が設立されるまでに難航を究めたのですね。

それで小渕首相に、

「何とかならないか」

といった形で話に行ったのですが、樋口さんが言われるように小渕さんは非常に慎重な方でした。そう思ったのは、会う前に、ぼくの書いた本や関係する本を何冊も読んでいたのです。それに、大蔵省の関係者にも、ぼくのことを、どういう人物かなどいろいろ尋ねており、ぼくのことをかなり知ったうえで会っています。

住管機構の社長が会いたいと言っているから、ただ単に会おうということではない。何の前知識もなく、会っているわけではなく、いろいろ調べているのですよ。樋口さんと同じように、ぼくも、

「小渕さんという人は、ずいぶん慎重な方だなあ」

と思いました。

また、非常に素直すぎるくらいに素直な人ですね。素直でわかりやすい。

その素直さで感動を覚えたのは、やはり、住管機構と整理回収銀行の合併問題の時でした。合併がなかなか進まないので、小渕さんに、合併を進めるようにお願いしたところ、小渕さんとは、

「住管機構が整理回収銀行を吸収合併できるようにする。中坊の後継者に鬼追君がなるようにする」

といった大まかな話になったのですが、住管機構にしろ、整理回収銀行にしろ、また、合併によって生まれる整理回収機構にしろ、政府が一〇〇％資本を持っているのですから、内閣総理大臣が結論をおっしゃれば、それでそのように決まることになるわけです。

そうした大まかな話し合いが終わった後、小渕さんは、はっきりとこう言われたのですね。

「中坊さん、あんたの言うようにしましょう」

そして、続けて、

「ただ、あんたの言うとおりにするのは、あんたが特別に学識経験が豊かで有能だと思

うからではない」

とおっしゃるんですよ。

それで、なぜ、ぼくの言うようにするかというと——。

「中坊さん、あんたを買うのは、あんたの度胸だ」

と言われるわけです。まあ、小渕さんだけの意見ではなくて、何人かの意見を聞いてのことでしょうが、素直な人、素直な話をする人だと思いましたね。

●一緒に一所懸命になってやりたいと思わせる人〔樋口〕

そうです。小渕さんは素直というか、誠実な人で、経済戦略会議の時は、会議への出席のほか、毎回、ぼくに直接電話をかけ、

「ご苦労さん」

と、ねぎらいの言葉をかけてくださったり、会議のことなど諸々の話をしました。

小渕さんは人の話をよく聞いてくださるし、少しも偉ぶっていない。この人のためなら全力を出して一所懸命にやっていこう。自然にそのように思わせる人でした。

中坊さんは、住管機構の時に、小渕さんからそういったふうに感じたのではないですか。

小渕恵三前首相に経済戦略会議の報告書を手渡す樋口廣太郎さん。

●通称「中坊の官邸突入事件」〔中坊〕

本当に何とか協力してあげたいと思わせる人です。これまでの経験で、小渕さんはちゃんとぼくの話を聞いてくださると思ったから、この三月、小渕内閣の特別顧問を引き受けたのです。

住管機構の時の話ですが、平成八年十二月に住専七社から譲り受けた資産の価格は総額六兆一千億円と決定。それ以外は一次ロスとして処理されたことになり、その譲り受け価格よりも下回ってしか債権を回収できないと、それが二次ロスになるとされました。

住専法によると、その二次ロスの半分は金融機関が拠出している「金融安定化拠出基金」が負担し、残りの半分は税金――国民負担になると決められています。住専法の上に立っていけば、機械的に仕事を進めて、その結果、赤字になっても国民がツケを払ってくれるという楽な仕事だったわけです。

しかし、ぼくは、

「国民に二次負担をかけないようにするには、どうするか」

というところから、住管機構をスタートさせましたから、二次負担をかけないようにがんばって回収しなければならない。

一方、逆に、もし譲り受け価格以上に回収できたらどうなるか、また、回収不能として損失処理された債権から苦労して回収してきたらどうなるかという問題もあります。

まあ、実際は平成七年に決めた価格で譲り受けた担保物件は、当時よりもさらに値下がりしていますから、二次ロスが必ず発生するのは明らか。ですから、回収不能として既に処理された部分から回収してきたものに関しては、国庫に納入するのではなく、二次ロスの穴埋めに使うべきだと思ったのです。そのぶん、国民の税金の負担が減るわけですから――。

しかし、ぼくが回収の第一期目の時に、回収不能とされた債権から回収してくると、大蔵省はそれを、

「国庫に払いなさい」

と指示してくる。ぼくのほうは、

「国庫には払わない。何で払わなきゃいけないんだ。これは、住専法という法律が悪いんだから、法律を直してくださいと頼んでいるじゃないか」

と言うわけですよ。しかし、大蔵省は、

「法律どおりに、そのお金を国庫に納めなさい」

と、言い張るので、ぼくは怒ったわけです。それで、当時の梶山官房長官に直接、ぼく一人で当たろうと考えました。

普通は大蔵省などを介して、官邸に行くでしょう。ところが、ぼくは梶山さんに、

「会って話がしたい」

と電話をした。すると梶山さんは、

「よし、会おう」

ということで、その日、官邸に行って梶山さんに会った。そして言いました。

「直す、直すと言いながら、住専法を直さないのは大蔵省が悪いのであって、それを直さないで、損失処理された債権から回収してきたカネを国庫に払えというけしからん。カネは払わない」

梶山さんは、それを聞いて、

「そんなおカネは払わなくていい。払わなくてもいいように、法律のほうを直さなきゃならない」

とおっしゃってくれました。

これは、通称「官邸突入事件」と言われているんですよ。前日に、ペルーの人質事件での日本大使公邸への突入があったので、それでこっちは「官邸突入事件」と呼ばれたわけ

です。

●中坊さんの気持ちはよくわかる！〔樋口〕

たった一人で官邸へ行ったの？

梶山さんも、そんな突然の電話によく会ってくれたと思うけど、やっぱり、中坊さんは、もって生まれた度胸の良さというか、無鉄砲というか——。

回収なんかできないと思われていた損失処理された債権から、体を張って、ようやく回収したおカネ。中坊さんの〝国民に二次負担をかけない〟という目的のために使いたいという気持ちは、よくわかります。

中坊さんのこの官邸突入事件、小渕さんはご存じでしたか。

●小渕さんに買われたぼくの〝度胸〟〔中坊〕

その後、小渕さんが総理になられてぼくと会った時、

「中坊さん、あんたの本を読んだけど、どこがおもしろかったかというと、官邸突入のく

だりが一番おもしろかった」

とおっしゃるのですよ。そして、こういったことを話しました。

「よくぞ、あの時はたった一人で官邸に来られましたね。

世の中には、大蔵省から、法律で定められているとおり、国におカネを支払うように指示されても、ゴネてそのカネを払わないようなヤツはいるかもしれない。しかし、支払えというその法律が悪いのだから、支払わなくていいように法律のほうを直せ、と言って、官邸まで来る人はいない。そこまで言ってくる人はいない。それなのに、中坊さん、あんたはよくぞ、一人で官邸にきましたね。私らがあんたを買うのは、その度胸です」

さらに、小渕さんはこんなことをおっしゃっていました。

「そりゃ、率直に言って、世の中では私たち政治家は〝いい加減だ〟とよく言われてます。確かにいい加減なところはいっぱいあります。

しかし、自分たちのつくった法律が悪いと言われて、その法律が悪いという説明を受けたところ、実際に悪い法律だった場合、それでもなおかつ、その悪法に従って国にカネを払え、とは私ら政治家の誰も言いません。私らだってそう考えます。

だから、中坊さん、あんたがそのカネを払わないのは正解です」——と。

その後、法律が直って、損失処理の債権から回収したおカネは国に払わなくてもよくなりました。つまり、ぼくが言ってたことは合法になるのですが、小渕さんの言葉は非常に心に染みましたね。

〝法律を直せ〟と官邸に言ってくるその熱意、たった一人で、〝法律を直してでもやる！〟というその気持ちを、私らは買っているのだ、と小渕さんは率直に話されるわけです。

政治家は普通、そういうことは言わないでしょう。〝悪法も法〟なので、本来ならそれに従わなければならない。ぼくは明らかに法律に違反したことをしているわけです。にも関わらず、小渕さんのように言う人は非常に少ないでしょうね。

小渕さんに会って「官邸突入事件」が話題になったのは、先程お話しした住管機構と整理回収銀行の合併がなかなか進まないので、小渕さんのところに力を借りようと行った時のこと。前もってぼくの本を読んでおいてくれた小渕さんが、その「官邸突入事件」の話を持ち出して、

「話の結論として、あんたの言うようにしましょう。その度胸を買って――」

と言ってくれたのですね。

小渕さんは本当にざっくばらんな方です。また、

「政治家なんていい加減なところがある」

なんてことを、自分の口で言うような正直な人で、そういったところがぼくには好感が持てました。

なるほど、この人なら話をすれば、ぼくと心が通じることができるというのが、小渕内閣の特別顧問に就任した一番の原点だったと思います。

●生まれつき〝わきまえている人〟〔樋口〕

小渕さんの古い友だちに聞きますとね、小渕さんという人は、昔から物事をわきまえていた、あのわきまえは生まれつきのものじゃないかと言いますね。昔から自然体だと——。

現に、小渕さんはぼくに、

「親父は衆議院議員選挙に立候補して最初当選し、何回か落選した後、自分が大学院生の時に再び当選した。しかし、当選したと思ったら、過労などで三カ月と三日で死んでしまった。

自分には兄貴がおり、親父の跡を継いで国会議員になることはないので、何が一番、自分に向いているかを考えてみたら、ホテルのマネージャーじゃないかと思った」

と言うのですよ。

それで、早稲田大学の二年先輩の堤義明さんがやっていた観光学会という所に入って勉強して、堤さんのホテルで支配人ぐらいになるかなって思っていたそうです。

それが急に父親の地盤を継いで政治家になったわけですね。当時、全国最年少の当選だったとのことです。

小渕さんはそんな急転した自分の運命を淡々と見つめていた人。よく話していました。

「自分の取り柄は何かというと、それは人の意見を聞くことだ、聞いて聞いて聞きまくることだ」――と。

だから、小渕さんのモットーは〝三人寄れば小渕が来る〟。小渕さんの選挙区は中曾根康弘、福田赳夫といった大物が相手。ずっと苦しい選挙戦を強いられてきたので、小渕さんは自分は客が少ない〝谷間のラーメン屋〟だと称して、〝三人寄れば必ず小渕が来る〟と自分で言うように、人が少しでも集まる所に出かけていき、話をし、また、話を聞いていました。それで、ぼくが、

「四人になれば、マージャンができるということ？」

って言ったら、

「それは関係ない」

と笑っていましたが――。

まあ、それぐらい、少数の人でも、人の意見を聞いて聞いて聞きまくるということですね。

そういう姿勢ですから、陳情にも真摯に耳を傾けていました。

「陳情を少し聞きすぎたかもしれない。しかし、今思うと、それで良かった」と話していましたが、それが小渕さんの実感でしょうね。

●指摘されたことを謙虚に受け止める〔中坊〕

小渕さんは人の声によく耳を傾け、そして一方、小渕さんに話を聞いてもらった人に、知らず知らずのうちに、小渕さんの力になりたい、協力したい、という気持ちにさせるのですね。

ぼくにも、そんな経験があるのですね。小渕さんといろいろ会って話したり、電話で話している中に、ぼくが関わっている司法の話がでることがあります。その時に、司法に関して、小渕さんが話していたことを話題にして、たとえば、

「総理、このあいだ施政演説ではこういうふうにおっしゃっていましたね」

などと、ぼくがいろいろ話して、中には批判の言葉も出るわけですよ。

小渕さんはその時は黙って聞いていています。

そしてしばらくたって話が終わりかけたくらいの時に、

「中坊さん、あんたの今の話を聞いていると、私が言ったあの言葉がいかに空虚なものであったかと自分自身で思いますよ」

と言われるのです。同時に、

「正直に言って、中坊さんに指摘されたあの部分は、役人が書いたものをそのとおりに読んだんですよ。そしたら、中坊さんに言われてしまった。

自分はただそれだけのことしか考えていなかったり、空虚にそのことをとらえていたけれども、中坊さんの話を聞くと、なるほどそういう見方もあるのか、とわかりました。大変勉強になりました。中坊さん、これからもいろいろ教えてくださいよ」

というふうに続けて、ぼくの心を引き込むのですね。

別におかしな言葉が施政演説の中に書かれているわけじゃない。しかし、その言葉は確かに内容が空虚なんですよ。

「私もやっぱり空虚に思うし、中坊さん、あんたも空虚に思ったでしょ。中坊さんの今の話を聞いてよくわかりました。私はこの程度の男なんですよ」

小渕さんは、そうはっきり言われるんです。そこまで謙遜しなくてもいいと思いますが、こういう話し方は何もこれに限ったことではありません。樋口さんも言われるように、さまざまな問題で、非常に素直に人の話を受けとめるのですね。

● "わからない絵?"を二十五分間、じっと鑑賞〔樋口〕

小渕さんのこんなエピソードがあります。外務大臣だったときのこと。小渕さんはお供も連れずに佐伯祐三の展覧会を見に行ったんですね。

その小渕さんが、一枚の絵の前でじっと立ちどまって見ておられる。その絵はぼくも好きな絵だったのですが、どれぐらいその絵を見ておられるかと思ったら、何と二十五分間でした。

他にもその絵を見に来る人がいるわけですから、小渕さんはさすが気遣いの人。邪魔にならないように真っ正面から見てないで、ちょっと斜めから見ている。

ぼくは小渕さんの後ろから見ていたのですが、二十五分たって、

「小渕さん!」

と声をかけたら、

「あっ！」

と気がつかれ、

「この絵、お好きですか」

って聞いたら、

「いや、ぼくは絵はわからないんだよ」

と言うのですよ。

「絵のわからない人が、二十五分も立って見ていることはないでしょう」

と、ちょっと冷やかしも入れて、ぼくが言うと、小渕さんは、

「わからないから、勉強をしていました」――と。

ここなんですよね、そうなんです。本当に謙虚なんですよ。

音楽も好きでした。音に対して、きわめて敏感な人でした。しかし、音楽の講釈はしない。小渕さんはお話しすると、どちらかというと声が低いのですが、低音なのにも関わらず声を張って、いつも元気でニコニコしていましたね。

また、知性をひけらかすということがない人でしたが、何かの折りにたまたま話すと、たとえばシェイクスピアの話なんかすると、それは滔々たるもの。大学でもすぐ講義ができるぐらいの力量を持っていましたよ。

そりゃ、大変な力を持った人。そういう人だからこそ、今の日本には必要。

●小渕総理の辞任で内閣特別顧問を辞める〔中坊〕

樋口さんは、小渕さんが首相になられる前から知り合っておられますが、ぼくの場合は、会ったのは小渕さんが総理大臣になってからです。

住管機構の社長をやっていた間に橋本龍太郎さんと小渕さんの二人の総理に接していますが、小渕さんのほうがずっと長い。そういった意味でも小渕さんに親しみを覚えます。

また、小渕さんは中身がなくて空っぽという意味なのか、〝真空総理〟だなんて言われていましたけれど、とんでもない。全然真空じゃない。記憶力はいいし、頭の回転が早い。ぼくが何気なく、パーッと不用意に言った言葉でも、その時は、

「はい、はい」

と聞いていますが、後になってその時の話が、

「そういえば、中坊さんはあの時、こう言われましたね」

といったように、タイミングよくちゃんと出てくる。鋭いですよ。前の話と後の話を計算してつないでいる。なかなか大したものですよ。

ぼくは、小渕さんが入院されて首相をお辞めになったので、内閣特別顧問を辞任しました。

内閣特別顧問というのは、内閣総理大臣に対して国民の目線からモノを申し上げるという意味では、どなたが総理にお替わりになっても、その立場は変わりません。

ただ、ぼくの場合は、小渕総理とのこれまでの人間関係が形成されたうえでお引き受けした内閣特別顧問。小渕総理とのいろいろな話が積み重なったうえでの就任です。小渕さん個人との間の一種の人間関係というか、信頼関係というか、そういうものがあっての就任でした。

だから、ぼくが国民の目線でモノを言えば、小渕さんには本当に聞いてもらえました。現に、

「総理、役人の報告ばっかり当てにしたら、ダメ。現場の声を聞かなければ――」

と、三月二十二日に、首相官邸を訪問。小渕総理に産業廃棄物問題について直言しました。

香川県・豊島の産業廃棄物問題で住民側弁護団長を務めるぼくにとって、ゴミや環境の問題は体を張って取り組んできたテーマ。同じ問題に悩む御嵩町の柳川喜郎町長とはお互いにエールを交換する仲ですが、その御嵩町を例に、産業廃棄物問題における暴力団など

が背景に横たわる根深さを報告したわけです。柳川町長は、暴漢に襲われて瀕死の重傷を負ったことがありますしね。

「法整備も大事ですが、実態を肌身で感じてほしい」

というぼくの求めに対して、小渕総理は御嵩町に厚生省や環境庁の調査団を派遣することをその場で決め、すぐに派遣しています。ぼくの提言は小渕総理にやっていただけるという確信のもとに言っており、実際にそれに応えていただいたわけです。

小渕さんとは、これまでの積み重ねがあって、はっきりとモノが言えるのですが、それが今回、森喜朗総理にお替わりになって、直ちに小渕前総理と同じように言えるかどうか。今の時点では内閣特別顧問の辞任ということになっているわけです。森さんが信用できないとか、小渕さんは信用できるからということではありません。

第Ⅵ章 警察不祥事続発は権力の奢り！

●声が大きくて叱られた二人〔樋口〕

最後に、今まで話していないことを自由にアットランダムに話しましょうか。ビジネスマンの基本は、元気で、明るくて、声が大きいこと。これはぼくが常日頃から言っているんだけど、ぼくも中坊さんも声が大きいよね。二人の共通する点かな。

この間、中坊さんと新幹線に乗っていてしゃべっていたら、叱られましたよね、他の乗客に——。

〝シッ！シッ！やかましい、静かにって〟って顔をされちゃった。それで、

「すみません」

って言っておきました。それから、声を静めたということはないんだけど。ぼくの場合は、地声だから、もともと声が大きいから仕方ないんですよ。

中坊さんの場合は、声をひそめてもよく通るんです。それに笑い声がすごい。

自民党の幹事長の野中広務さんも言ってましたよ。中坊さんとは京都まで新幹線で一緒になるときがあるけど、中坊さんの〝ハハハハハ〟という笑い方、これはつくった笑いじゃない、本当の笑い方だ、なんでこんなにおかしいのかと思うくらい、腹の底から笑っていると——。

●京都や大阪は地理がわかっているからいい〔中坊〕

まあ、おかしいから笑っているだけですけど。野中さんも京都ですね。樋口さんもそう、同じ京都人ですが、ぼくは別にそういうことは意識しませんね。いや、やっぱり、どこかで意識しているのかな。

京都の人はよその土地から来た人を顔では笑って迎えるけど、内心ではイヤがっているなんて言われますよね。いわゆるよそものに対する扱いについていろいろ言われるけど、ぼくは京都人といっても、やられるばっかり。よそものに対して何かやったということはないですね。

でも、京都は好きですよ。大阪も好き。事務所もありますしね。京都の自宅を出て電車を利用して大阪の事務所に着くまで一時間くらい。電車の中ではいろいろな記録や本なんかを読んでいます。朝は一番頭が冴えているし、一人になれるから、かえって都合がいい。電車通勤は少しも苦にはなりません。

京都や大阪のほうが地理とかいろいろわかっているからいいですね。東京へ行くのはあんまり好きじゃない。右も左もよくわからないし、京都弁で話すと、なんか英語でモノを言っているような気になっちゃって、異国へ来たような気になります。東京というのは、やっぱり、大体、基本的にあまり好かないですね。

●京都のあいさつの真の意味〔樋口〕

よそものに対して、何とかかんとか言われますが、京都人というのはむしろ愛想が良すぎるかもしれません。

「奥さん、どこへ行くの？」

「ちょっとそこまで」

「ああ、そうですか」

聞いても聞かなくても同じことや無駄なことでも言います。こうした言葉を交わすのは、ともにやっていこう、上がっていこう、そしてともに元気になろう、という意味があるのですよ。

京都はずっといろいろな人が政権をとってきたし、千年以上も天皇がいらっしゃって、その意味では権力に一番近い町といえるでしょうね。

●権力の腐敗が目立つ現代〔中坊〕

それだけに権力との関係において、京都の人たちは自分たちがどのように処さなければならないかということを、知らず知らずのうちに学んできたのではないかと思いますね。そうした京都人の血が、ぼくにしろ、樋口さんにしろ、脈々と流れているわけですが、権力といえば、今の世の中、権力の腐敗が目立ちますね。

その典型が、不祥事で、このところずっと問題になっている警察。それで、ぼくも樋口さんも警察の刷新会議のメンバーに選ばれたのですが――。

●子どもの頃から警察官を尊敬してきた！〔樋口〕

やっぱり、警察がおかしくなったら、日本はダメになります。そういう意識はありますよ。ぼくらは子どものときから、おまわりさん、警察官を非常に尊敬してきましたから。

ぼくが生まれ育った京都の出町という所にも交番があってね、子どもの頃、ぼくはそこへ遊びに行くのが好きでした。警官をとても尊敬していましたし。

それからぼくの大学時代の友だちで、愛媛県の県警本部長なんかになった人がいるんですが、もう剛毅実直な古武士みたいな男でした。

ぼくの持っている警察のイメージは、そういう警察。だから、今のように不祥事のデパートみたいにいわれる警察の現状は、非常に残念ですね。

●警察の不祥事事件続発は権力の奢りによるもの〔中坊〕

どんな社会であれ、国家であれば警察はある。警察のない国家というのはありえないでしょうね。

いわゆる社会の安全と秩序は守られなければならないわけで、警察ぐらい一日も欠けたら困るというものはないと思います。

正直に言って、このところ続いている警察のいろいろな不祥事事件というのは、ぼくは単なる偶然が重なり合った、いわゆる不運な事件の重なり合いではないと思いますね。不祥事の続発はもっと根本的なところに原因があるはずです。

その原因を取り除かないと、それを直さないと、一日もなくてはならない警察組織が、本当に危殆に瀕してしまいます。

ということは、国家そのものが危なくなるということですから、その対策は非常に緊急を要します。

ぼく自身、仕事柄、どちらかというと警察をよく知っているほうだと思うんですね。まあ、弁護人として、被告人を弁護する立場で警察に対応してきましたし、住管機構の社長の時は、告訴する側として警察と対応しており、両方の側から警察を割と間近に見てきています。また、今まで警察の集まりなどで、ぼくはいろいろな講師を頼まれて講演や講義を行ってきたという関係もあります。

それで、一般の企業なら、そんなに不祥事が続くのなら、つぶしてしまって、おしまいということになるけど、ところが警察はつぶすわけにはいきません。

国民だって、樋口さんのおっしゃったように、警察には特別の思い、尊敬の念を抱いている者が少なくない。

国民の間から、あれこれたくさん批判が出ているのは、もっと信頼される警察であってほしいと切望しているからです。警察にこれ以上の仕事などを期待しているというよりも、何とか信頼される存在であってほしいということですね。

そんな警察を、一日も早く信頼される警察に戻す作業が必要なわけです。もちろん、それは一夜にしてできるとは思いませんが、やはり、警察制度の根本的な問題をどう直していくか、中期的にはどうしたらいいか、ということが大切であり、あるいは、まずとりあえず何をどう変えていくかということが緊急な問題になりますね。

ぼくは司法制度改革審議会の委員をやっていますが、都道府県警察の不祥事——、緊急事態発生ということで、警察刷新会議のメンバーとなったわけです。まあ、緊急事態にかけつける消防士みたいなものですね。

ホント、日本の警察には次々と緊急事態が発生しています。このような不祥事続発の最大の原因は、警察の構造的な問題にありますが、つまるところ、それは権力者の奢りによるもの。警察ぐらい強力な権限を持っているところは他にありませんからね。

社会において、人を犯罪者と決めつけて逮捕するのは警察。ある人間を社会から葬るのに、一番強い力を持っているのが警察。そういう意味においては、警察権力というのは、国家の権力の中でも最も強い権力なんですよ。ところが、強い権力を持った者ほど、放っとけば次第に奢っていく。よほど奢らないように注意し、よっぽど奢らないように歯止めをかけないと奢っていくんです。その奢った警察の結果が、いろいろな面で出てきているんですね。

●交番制度は評判倒れ？〔樋口〕

警察というのは、どこの国でも大きな権力を持っているから、その奢りが問題になっている国もあります。

ぼくは今、世界中の警察制度がどうなっているのかを、資料や情報を集めて、いろいろ調べているのだけれど、やっぱり、何もかも全部うまくいっている国はないですね。

そういう外国の警察制度のいいところを集めて日本の警察制度の刷新の参考にしようと思っているのだけど、なかなか――。

実際、いいというふうに言われていても、その情報を収集して調べてみると、結構、問題があったりするんですよ。

日本の交番なんかもそうでしょう。フランス政府のあるお偉いさんでしたか、

「日本の交番制度は素晴らしいので、フランスもその制度を真似たい」

とか言ってますが、その交番の実態はそれほどのものかどうか。

最近の交番の一番の問題は、いつ行ってもがら空きだということ。警官が外に出ていて、いつもいない。そして、机の上に、

「御用の方は、一一〇番か、×××番に電話してください」

と書いた紙が置いてある。

「電話をしてください」

というのなら、その交番の警官の携帯電話の番号が書いてあれば、役に立つんですが、そうじゃない。

交番に警官がいるのは交代の時だけ。それ以外はいない。警官がいないなら、交番なんかいらないでしょう。

それに交番の建物には、「交番」とかポリスボックスではなく「KOBAN」と書かれている。あれでは外人には、その建物が何なのか、さっぱりわからない。

●〝罪あれば必ず罰する〟ではない警察〔中坊〕

そうした、市民不在の交番のあり方も、警察の奢りの一つかもしれませんね。

警察の奢った結果が、さまざまな面で出てきているわけですが、ぼくたちが実際に見聞している範囲でも不祥事につながることはありますよ。

まあ、社会の一般的な習慣として、会社員や公務員などが転勤したり退職したりすると餞別をもらいますよね。

ただ、その金額には限度があると思うんですよ。現に一定の金額を超えたら贈収賄につながると思うんですが、警察の場合は、署長であれ、本部長であれ、一般の官庁よりも何倍もの多額の餞別が動いているのは、もう誰でも知っている。

警察では、多額の餞別をもらったその人自身が、自分や餞別をくれた人を摘発する立場なんだけど、それは摘発する警察なのだからそんなことをしなくてもかまわない、ということに――。

それに一般社会の人にとっては、実際問題として、強い権力を持っている警察をチェックしたり、警察に歯向かったり何かしたりすることはなかなかむずかしい。やはり、しっぺ返しが怖いわけですよ。

警察ぐらい、そのしっぺ返しの怖いところはない。だから、あるところで警察に対して何か気に入らないことをやったら、

「江戸の仇は長崎で」

というわけで、別なところで、ほんの小さなことであっても、犯罪と決めつけられてパクられるのではないか、という心配、あるいは警察への気遣いがある。

警察をチェックすべき国民が、仇討ちされることを恐れてチェックしなかったり、それどころか、オベンチャラみたいなものを言って警察に癒着していくんですよ。こうした国民の態度が、警察の奢りをここまでに持ってきている一番の根本のマグマみたいなもんなんですね。

こんなことから警察の奢りはひどくなっていく一方、外部から警察をチェックする機能が非常に乏しくなっていく。

それに、警察の民事不介入の原則にも問題が少なくない。

「民事の事件は当事者同士で解決しなさい。警察は民事事件には介入しないことになっている」

という〝原則〟を盾にとって、そこに犯罪があっても動こうとしない。

だから、ぼくが住管機構の社長をやっていた時代に、警察が動いてくれないので抗議に行った時、ぼくはそこの警察官たちに言ったんですよ。

「ぼくら弁護士は〝罪なくして人を罰せず〟と言って、罪のない者は捕まえるな、人権を守れと、あんたらの警察権の行使の制限を言ってきた。それはそれで正しい。罪なくして人を罰してもらっては絶対に困る。

しかし、あんたらはその反面を忘れているようだ。それは〝罪あれば必ず罰する〟ということ。これは世の中で非常に大事な原理なんだ」――と。

そして、こう続けました。

「ところが、あんたらは、〝罪あれば必ず罰する〟ということに、どの程度配慮してくれているか」――と。

実際、警察はふた言目には〝民事不介入の原則〟をもちだしてきて、何にもやってくれないんですよ。

住管機構で不良債権の回収を行った時、強制執行免脱とか競売の妨害とか、回収の相手側で明らかに犯罪行為が行われていたことがあったんですよ。その刑罰の最高刑は二年と軽いのですが――。

警察は、それを、

「民事不介入だ」

とか言って動かないけれど、ところが、その不良債権回収をめぐってトラブルになって、殴ったり、殴られたりする傷害事件が発生すると、これは傷害罪になり、最高刑は一挙に十年にはねあがる。

すると、強制執行免脱とか競売の妨害とかよりも、こちらのほうがずっと大きい犯罪だし、しかも単純な犯罪だから、警察は介入してくるんですよ。

むずかしい事件で、刑の軽い犯罪は、警察はあまりやらない。そして、やらない理由を、民事不介入の原則だと言って、言い逃れをするんです。

警察はそういうようなやり方で、本来すべきことは怠ってやらず、結果的に権力の力に酔って奢ってきて、綱紀も弛緩してきました。だから、警察の捜査能力が弱くなっているということと、綱紀が弛緩してきてこういうような不祥事が続発するということはね、決して別々のことではない。話の表裏で関係が深いんですよ。

ともかく、現在、警察はそういうような状況下にあるわけですから、これをどう直していくかというのは、もう非常に緊急の課題です。

●警察は変わらなければいけない！〔樋口〕

警察の行政管理や警察一般に関するさまざまな事項などを所轄する中央管理機関として国家公安委員会というのがありますね。内閣総理大臣の下にあって公安委員長と五人の公安委員で構成され、委員長には国務大臣があたっていますが、戦後、この運営がうまく行われてこなかった。今度の新潟県警の不祥事では公安委員会についても、いろいろな問題が指摘されました。

政治家もね、〝政治は警察には介入しない〟ということから、警察を放っておきすぎたように思いますよ。

交番の警官がいつもがら空き、留守ということだって、これは警官全体の人数が足りないからかというと、そうでもない。

警察刷新会議でいつも顔を合わせている
樋口廣太郎さん（左端）と中坊公平さん（手前）

交番の警官はいないけど、機動隊の人数は増えている。昭和四十年代、学生運動が激しかった頃の機動隊の人数がそのままいる。こちらのほうは多すぎるわけです。警察の人員の見直し、適正な配置が必要になってきますね。

また、キャリアとノンキャリアの問題も大きい。

ぼくが言いたいのは、二十何万人の警官の中の不心得者はほんのわずかだけれど、不祥事については、警官全部が反省してもらわなければいけないということ。一所懸命やっている警官はたくさんいるけど、警官に不祥事があれば、お互いに積極的に摘発しなければいけないということです。

それから、五百四十人ぐらいいる警視正以上の人は、地方公務員である一般の警官と違って、身分は国家公務員なんですが、その人たちの意識をもっと上げてもらうことが、ぼくは大事だと思いますね。

昔は、都道府県の警察本部長から知事になったというケースはきわめて多かった。しかし、今はまったくない。本部長になってしまうと、それから行くところがないから、やっぱりおかしくなる。また、奢りになってしまうんですね。警察組織の刷新といった場合、こういったことを全体的に考えて、刷新していかなければいけないですね。

出世のスピードがノンキャリアと比べてはるかに早いキャリア制度の問題については、

キャリア――、上級職の人たちの言い分は、

「オレたちは、それだけの能力、実力があるのだから当然だ」

ということのようですが、それが備わっているというのは、学問的な部分、法律的な知識だけ。一般的なもの――、人格・識見などについては、やっぱり若いういちは未熟ですよ。警察はいろいろな面で変わっていかなければなりませんね。

●問題は多いが、〝庶民性〟で警察制度の刷新は可能！〔中坊〕

戦前の警察は、政治と非常に密着しており、そのために警察権力が政治そのものを支えてきて、そうした結果、戦争という大きな問題を引き起こし、そして警察国家というような名前を称されるようになりました。

それが敗戦になって、ご承知のようにマッカーサーがやってきて、警察を徹底的に弱体化したわけですね。昭和二十二年に市および人口五千人以上の町村が国家の指揮監督を受けることなく、それぞれの市町村の経費で維持する自治体警察ができました。これは二十九年の警察法改正で廃止されるまで続くわけですが、こうしたことにより、警察権力は著しく弱体化しました。

しかし、それじゃまた困るじゃないかということで、だんだんに現在のような警察組織になっていくのですが、問題は、警察権力の奢りから、自分たちでその制度そのものを、うまく機能しないようにしてきていることです。うまくいかないものが、一種の制度化、制度みたいになってきているものもいくつかありますね。

各地に警察署があって、各都道府県に警察本部があり、警察行政を統括する中央機関として警察庁がある。そしてその上に、警察の運営を管理する合議制の行政機関として公安委員会があるという二重の構造になっているのだけど、公安委員会には頭はあるが、その下で手足となって働く機関はない。

これでは警察をチェックするどころか、もう警察の思いのまま。せっかく二重の構造にしたのに、それらの機能がまったく働いていない。

キャリア制度については、キャリアとノンキャリアの間に歴然たる身分差を設けました。キャリアの試験にさえ受かったら、あとはエリートコースをまっしぐらに進み続ける。このお上依存が警察にも完全に定着しています。キャリアに比べてノンキャリアのほうは、偉くなれない。偉くなったとしても、キャリアのような上までにはいけない。そこからノンキャリアの士気の低下という問題が起こってくるわけです。

それから、警察については、より根本的な問題が二つあります。

一つは、警察は捜査を行うので秘密性が要求されるのはわかるけど、その秘密性を過度に強調して、情報公開をほとんどやってこなかったことです。これでは国民の警察でありながら国民の監視の目が行き届かない。情報提供ということに関して、著しく劣った警察制度になっています。

二つ目は、国民の持っている苦情などを受け付け、処理する警察の施設や機関がほとんどないことです。国民にとっては、事件が起きる前に何とかしたいと思っているのに、そういうことには警察は対応してくれない。事件が起こってからでは、遅いんですよね。

さきほどの交番の問題にしても、警察が効率一点張りでやってきた結果、パトカーのほうが交番で人がやるよりも、より機動的でシャーッと走って早くやれるから、交番にパトカーが代わっていくわけです。常日頃から、もっと地域の住民と密着していくうえでは、交番の役割は大きいと思いますけどね。

しかし、日本の警察にもまだまだ救いはある。希望はあります。それは警察が庶民性を持っていることです。この庶民性こそ、警察の支えであり、この庶民性を持っているかぎり、これまでの運用の仕方で間違ってきた点を直すことなどにより、警察制度の刷新をすることは十分に可能です。今はそうした刷新のチャンスだと思いますね。

●今後、お役に立つことがあれば――　〔樋口〕

ぼくは大学を卒業して、いくつかの進路の中から金融の道を選んだわけだけど、結論的には、日本はものすごく素晴らしい国、豊かな国になったと思います。一九八〇年代には、「ルック・イースト、ルック・ジャパン」といわれて、日本は世界の羨望の的になり、国として非常に幸せな状態が続きました。しかし、その後、制度疲労とか、ちょっといい気になったというか傲慢さが災いして、バブル崩壊を引き起こし、長期の不況に陥ることになりました。

とはいっても、今でも日本はたいしたものなんですよ。世界のレベルから言って、経済力で第二位。広大な土地を持ち、資源も豊富で、人口も日本の倍以上あり、しかも、ドルという通貨をいくらでも発行できる、世界一位のアメリカと比べても遜色はない。第三位のドイツに比べてはるかに上。アジアの六、七割の経済を持っている日本なのですから、アジアや世界のために一日も早く、本格的な自立回復の軌道にのせていくことが大切ですね。

ぼくは、七十四歳。気持ちとしては、まだまだ第一線で働くことができると思っているけれど、足腰が弱っているかもしれないし、頭脳も欠落が始まっているかもしれない。そこをよく自覚してこれからやっていきたいですね。

ここで思い出すのは、ぼくと同じ年の人間の一割五分が先の戦争で、沖縄やアッツ島、南方などで死んでいることですよ。頑健な体を持ち、頭が良く、目も悪くない、そんな友人たちが戦死しているのです。

ひとつ間違えば、ぼくだってその戦争で死んでいたかもしれないことを考えると、亡くなった彼らのためにもがんばらなければいけないと思いますね。仲間の一人一人の顔を毎日思い浮かべながら、そう思うのですよ。

ぼくは藤沢周平さんが書いた、隠居した武士が主人公の『三屋清左衛門残日録』をずっと愛読しており、暇があれば読んでいるのですが、この主人公三屋清左衛門と同じように、これからは、

「何かお役に立つことがあれば手伝いましょう」

あるいは、

「困難なことがあって、手助けなどを頼まれれば、よく考えて出ていきましょう」

と思っているんですよ。

〝よく考えて〟というのは、ぼくはそんなに深く考えないで、ホイホイと出ていく癖があるからですよ。まあ、それはともあれ、人に頼まれれば、快くやってみようと思ってい

ます。

あんまり表に出なくても、ぼくがフアーッと座っているだけで不思議とうまくいくことがあるし、みんなもそう言ってくれるから、そんな求めがある間は、

「やらしてもらおうかな」

と思っています。

ぼくの今後については、それほどたいしたことを考えているんじゃないんですよ。

●国民が統治主体の十割司法の国へ！〔中坊〕

これからの日本のあり方やぼく自身の行く末を、法律家の立場として見ていくと、三つのことがいえるんじゃないかと思います。

一つは、今までのいろいろなしがらみや義理とか慣習などではなしに、ちゃんとつくったルールである法律というものが、社会の血肉とならなければならないと思うのですね。現在は、法があってないような状態が非常に多いですから。

そのためには、まず、ぼくたち国民が、国の統治の客体であるという意識から、お上依存に走るのではなく、自分たちが主体であるという意識をしっかり持たなければいけな

い。自分たちでルールをつくって、そのルールの支配を受けようという社会を築くことが大切です。

これまでの統治客体意識から、国民は全部、自分たちが主人公の統治主体意識に変わらなければならないですね。

そういう時にぼくたち法曹、いわゆる司法にいる弁護士とか裁判官、検察官はいかにあるべきかというと、それは国民の社会生活上の、お医者さんの役割を果たさなければいけないということです。

人数ももっと必要だし、本当の意味においてもっと指導者にふさわしい人間にならなければいけない。

こういうことから見ると、弁護士だけを見ても、数は少ないし、能力もイマイチ。国民の信頼を得られるものにはなっていません。それであらゆる意味において、ぼくたち弁護士は、弁護士自身で、自分を良いほうに、真の信頼を得られるように、直していかなければなりませんね。

ぼくの一生も残り少ないと思いますが、司法の世界が、本当に国民のためのものになり、要するに二割司法ではなしに十割司法になるような、司法が果たすべき機能は全部果せる社会になってほしい。

西欧をはじめ、先進国はみんなそうなっているのに、日本だけが、昔の聖徳太子の律令時代と同じようなモノの考え方だったら、日本は滅んでしまいます。

日本の国が地球上に国家としてちゃんと存在するためには、国民が統治の主体であって、十割司法の国にならなければいけないと思いますね。

対談後、中坊公平さんの肩を指圧する樋口廣太郎さん

あとがき

今回、樋口さんと一緒に本を出すことになりましたが、樋口さんは私にとって兄貴という感じです。私とは比較にならないくらい世の中のあらゆる分野について精通してはるし、人脈についても比較にならないほど広い。と同時に、樋口さんは法曹ということについてほとんど関係がない人ですね。私は法曹の世界でずっと過ごしてきた専門家で、法曹以外の世界については全く知らない。それだけに、自分の知らない世界に導いてくれるという意味で兄貴なんです。

それに、樋口さんは非常に闊達でしょ。あそこまでよく闊達に世の中を割り切って動いていけるな、と非常に感心しています。あるとき、樋口さんに、「どうしてあなたはそんなに闊達に生きていけるのですか」と聞いたんです。

そうしたら、樋口さんはこんなことを言ったんですわ。

まず一つには、未来を神の手にゆだねているんですわ、未来というのはどうしようもないんだ。すべては神の手にゆだねてあるんだと思うことです。それから、二つ目は馬鹿な言いがかりを無視するんですわ。なにをしたって、いろいろと誹謗中傷というものが出てきますから。

それから、三つ目がありましたが、それについては忘れてしまった……。いずれにしても、それが樋口さんから教えてもらった闊達になる方法です。

その意味では、樋口さんのほうが僕を引っ張って歩いてくれているのでしょうね。僕が意識的に樋口さんについて歩いているというより、樋口さんがお兄さんとして弟を連れて歩くという感じではないですかね。そして、樋口さんと僕との間には法律というものが全然介在していない。一人の人間として、裸の人間同士が接している感じです。僕はこれまで人間関係にしても弁護士という職業を介して築いてきました。弁護士という職業を離れて、一人の人間、社会人として付きおうているのは樋口さんが初めて。私にとって貴重な存在なんですな。

しかも、お互いに似ているところがずいぶんある。二人とも一言でいえば、お人好しでしょうな。そして、二人とも秀才というタイプではない。町のどこにでも転がっているおじさんのタイプではないかと思います。そのうえ、二人は京都人。京都人が持っているしたたかさというものがある。いつも朝廷があって、そのそばで世の中の移り変わりを見てきたものの生き方ですよね。だから、一つの田舎の中でずっと育ったという感じとはまったく違う。京都という土地柄が生んだ憧憬の、しかし京都の町にはどこにでもいるタイプですよね。

悪くいえば、二人ともあまり教養がね、いまいち乏しい。実務的ではあるけれども、学問があまり奥深いというほうではない。しかし、人間としてしたたかに生きていくという生き方については心得ているのではないでしょうか。そういう立場の人間が、世の中や人を見た意見がこの本に出ているのではないかと思う。

それから、小渕さんについては非常に残念でならない。この本の制作が始まったときにご病気になられ、ほぼ出来上がりというときに急逝されてしまった。小渕さんとのつきあいについては、第V章で触れられていますが、いざ急逝という悲しい知らせを聞いたときには、いろいろな思いがよぎったものです。

小渕さんとの出会いに始まり、私が内閣特別顧問になった経緯など。小渕さんは私を非常に買ってくれましたが、その理由について小渕さんはこう言っておられました。

「あんたは単に度胸がいいというだけではなしに、私たちを信じてくれる。それが私らがあんたを買う理由だ」

そして、それがそっくりそのまま内閣特別顧問の時の口説き文句につながっていったわけです。さらにこんなことも言われました。

「中坊さん、あなたはいろいろな個別の事案についてよく知っている。しかも、国民の目線でものが見えます。事件から日本国のなにが見えるのかということをわかっている人だ。それを内閣総理大臣である私に教えてほしい」

私も、小渕さんなら私の言うことを聞いてくれる、と信じたから内閣特別顧問を引き受けたのです。それが、たったの一件だけで……。内閣特別顧問の仕事に着手したとたんに、ご病気になられ、急逝されたことは非常に寂しいかぎりです。

また、事件から日本国のなにが見えるかということで、最近頻発している「十七歳」、青少年の犯罪について言わせてもらうと、その原因は機械のせいだ、と私は思っています。文明の名の下に、なにもかもが機械化されている。それによって人間関係そのものが破壊されているんです。この根本原因について、教育とか何とか言う前に、その機械化の流れを止めないといけない。人と人との話し合いにしても、テレビを介してやりましょうというふうに、なにもかもが機械を介してやっている。その結果、人間関係というのが希薄になって、機械に支配される社会環境になってしまった。

生物が誕生してから大きな流れというものがあるんですが、そこでは自然の環境というものに、あらゆる生物があわせてきました。ところが、この二十世紀という時代は、そのすべてを、ことに自然を、人間が変えられると思っている。それこそある日恐竜が滅んだのと同じように、人間は物質文明の名の下に自分で自分を殺していく。その端緒が十七歳の犯罪をはじめとした青少年の犯罪であると思いますよ。

この本の中にも触れられていると思うけれども、個人主義、エゴが世の中に充満して、みんなのために何かをするという気持ちがなくなっている。ただ競争に勝てばいい、それでは社会は決していい方向に向かっていかないのではないか。みんなのために何かをする。この気持ちをいつまでも忘れないでほしい。

中坊公平

二〇〇〇年五月

著者紹介

樋口廣太郎（ひぐち・ひろたろう）

1926年1月25日、京都生まれ。京都大学経済学部卒業。1949年住友銀行に入行。1982年同行代表取締役副頭取。1986年3月よりアサヒビール代表取締役社長、その後、同社会長を歴任し、現在同社相談役名誉会長である。また、1998年8月より経済戦略会議議長、1999年3月より産業競争力会議委員、5月より経団連評議員会副議長、7月より財団法人新国立劇場運営財団理事長、2000年3月より日本ナスダック協会会長、警察刷新会議座長代理に就任。

中坊公平（なかぼう・こうへい）

1929年8月2日、京都生まれ。京都大学法学部卒業。1957年弁護士登録。1970年には戦後最年少の大阪弁護士会副会長。1973年森永砒素ミルク中毒事件被害者弁護団長、千日デパート火災事件テナント弁護団長。1984年大阪弁護士会会長・近畿弁護士会連合会理事長、日本弁護士連合会副会長などを歴任。1985年には大阪弁護士会総合法律相談センター初代運営委員長、同年豊田商事の破産管財人を務める。1990年から92年には日弁連会長。1996年7月より住宅金融債権管理機構（現、整理回収機構）社長に就任（現在、顧問）。2000年3月警察刷新会議メンバー参画。

僕らは出来が悪かった！

2000年6月12日　第1版第1刷発行　　2000年6月20日　第2刷発行

著　者　樋口廣太郎　中坊公平

発行者　村田博文

発行所　株式会社財界研究所

〒100-0014　東京都千代田区永田町2-14-3　赤坂東急ビル11階
電話(03)3581-6771　FAX(03)3581-6777
【関西支社】〒530-0047　大阪市北区西天満4-4-12　近藤ビル
電話(06)6364-5930　FAX(06)6364-2357
URL http://www.zaikai.co.jp

印刷・製本　図書印刷株式会社

ISBN4-87932-012-9　定価はカバーに印刷してあります。

財界の単行本

もう5センチ頭を下げて

樋口廣太郎

明るく、元気で声が大きく、謙虚な姿勢こそがチャンスをものにし、生きていくエネルギーを生み出す。二十一世紀を生き抜くビジネスマンたちへの熱いメッセージ。

本体1000円

どん底からはい上がれ！

村田博文

事業を起こそうとしたときの資金は五万円だった、入社した会社が四年後に倒、などどん底を乗り越え、活路を見いだした経営者たち十八人の評伝集。

本体1300円

目を世界に　心を祖国に

坂本吉弘

三十四年余、通産官僚として最前線にあった元通商産業審議官・坂本吉弘氏が綴った通商交渉の緊迫したドラマ。国のあり方とは何か、を考えさせる労作。

本体1800円

インターネットの超新星　孫正義

清水高

インターネット関連の投資で、たった三カ月の間に二兆円を稼ぎ、ビル・ゲイツが無視できない唯一の日本人と言われる孫正義。その経営手法のすべてを解明。

本体1500円

健康自己防衛時代

阿部博幸

あなたは本当に長生きがしたいのか。早死にしない健康自己防衛術、人間ドックのデーターの読み方などをわかりやすく解説した完全健康マニュアル。

本体1800円